隣の席の王女様、
俺の前だけ甘々カノジョ

LOVE!

フィーア・カラット
王女様が学園に通うための仮初めの姿。
クラスではハイムの隣の席に座っている。
小動物のような愛らしさを持つクラスの人気者。
家の地位はそれほど高くない
貴族令嬢という設定。

『え、ひゃっ！』
魔導王国マギハ
天の至宝と称されるほどの
認識阻害魔法を使い、フィーアとし
お忍びで学園に通っていた。
「ここで、じっくり
お話ししようよー！」

隣の席の王女様、俺の前だけ甘々カノジョ

暁刀魚

ファンタジア文庫

3460

口絵・本文イラスト　パルプピロシ

CONTENTS!

プロローグ　バレた

魔導王国マギパステル。

大陸に古くから続く、魔導において並び立つ国なしと呼ばれる魔術国家だ。

マギパステルは魔術だけでなく、学問にも力を入れている。

王立魔導学園パレットは、貴族が生徒の大半を占めるものの、中には才能を見込まれた平民が特待生として通っていた。

文化的にも先進的な、大陸随一の大国だ。

そんなマギパステルには、この国の至宝とも称される絶世の美貌を誇る王女がいる。

天が人に齎《もたら》した至宝、世界は人が彼女を愛するために作られたとも言われる王女様だ。

ステラフィア・マギパステル。

マギパステル王国第三王女であらせられる彼女はその美貌もさることながら、非常に賢明な才女であることが知られている。

金髪碧眼《へきがん》、王家の血を色濃く受け継いだ特徴的な碧色《あおいろ》の瞳は、人々の意識を吸い込んでしまうかのように美しく。

どこかあどけなさが残る顔立ちは、誰もが魅了されてしまうほど愛らしい。

ど田舎の平民出身である俺ですら知っているような、この国を象徴する有名人。

誰もが一度はその顔《かんばせ》を肖像画やマジックフォトで見たことのあるような。

そんな、あまりにも有名すぎる王女様が――

何故《なぜ》か、王立魔導学園パレットの、普段は誰も入らないような資料室にいたら、どう思うだろう。

それも、なんというか。

口をあんぐりと開けて、美貌が台無しになってしまうほど驚きに顔が染まっていたら。

しかもなんか、口からは「ヒャー」みたいな変な声が漏れていたら。

どこか現実味が薄く感じられてしまうほどキレイな瞳が、涙目になっていたら。

そしてそれを、俺のような平民が――目撃してしまったら、どうだろう。

疑問は大いにあるかもしれない。

どうして人の立ち入らない資料室に、わざわざ俺が入ったのか、とか。

どう考えても見つかったらまずい、みたいな反応をしている王女様がどうしてここにいるのか、とか。

——そもそも、俺は誰なんだ、とか。

だが、そんな疑問は一度脇にどけて。

続きを聞いてほしい。

王女様は、それはもうとんでもない有名人で、こんな場所にいていい人間じゃない。

俺が見つけてしまったことは事故みたいなもので、俺と王女様の間に因縁なんてない。

だから、いくらでもこの話はなかったことにできるはずだったのだ。

動揺した俺が、気付いてしまったあることを、口にしてしまわなければ。


「えっと……何をしてるんだ？　フィーア」


フィーア・カラット。

彼女は、俺と同じクラスで、隣の席の、平民であり周囲から浮いている俺に唯一良くしてくれる少女であり。

俺がこの学園で、唯一友人と言って差し支えない相手である。

だからこそ、俺は王女様の姿をした彼女を、友人であるフィーアだと気付けてしまった。

「ハ、ハイムくん……どうしてぇ？」

そして、泣きそうな顔でそう問い返すフィーアの言葉で、事態は転がり始める。

平民である俺、〝ハイム〟が、王女であるステラフィア・マギパステルの秘密を知ってしまうという。

そんな、大衆向けの演劇でも見ないような、コッテコテのシチュエーションに。

俺は、リアルで出くわしてしまったのだ——

1．バレる

1　バレるまで

ハイムというのは、俺の名前で名字はない。

平民に名字がないのは普通のことで、そのことを疑問に思ったことも特にない。

だが、名字がないということは、ある特定の場所ではとても分かり易《やす》いマイナス要素だ。

名字を持つのが普通の貴族たちが通う、この王立魔導学園パレットでは。

俺は、平民でありながらそんなパレットに通う特待生だ。

魔導学園は魔術を教える場なのだから、俺が特待生として通えているのは、当然魔術に優れた才能を示したからということになる。

だが、一つだけ言っておきたいのは、俺にとってそれは才能ではないということ。

生まれた時から、不思議と魔術の勉強に熱中していた俺は、気がついたら学園に特待生として通えるまでに魔術が使えるようになっていたのだ。

自然と学んだものだから、正直自分が〝天才〟なんて言われてもイマイチ実感がない。

なくなっていた。

どころか、周囲の環境が俺の自己認識を歪《ゆが》めるせいで、俺は自分のことを優秀だと思え

——魔導学園は貴族の学び舎《まなや》だ。

そもそも、魔術というのは学ぶのにそれなりの環境と素養が必要で、それを用意できるのは貴族のような経済的に恵まれた立場の人間以外はそういない。

学園自体は「人は魔術の前に平等である」とし、国民から広く学生を募っているが、そうそう市井《しせい》から種が芽吹くことはない。

だから、数少ない例外である特待生、つまり平民の俺に対する周囲の風当たりは、俺が入学する前に思っていた以上にきついものだった。

学生たちは登校すると、まずは自分が所属するクラスにやってくる。

そこで「朝会《あさかい》」と呼ばれる会で教師からの連絡事項を聞いてから、講義を受けるのだ。

俺はそんな「朝会」が始まる時間ギリギリに、クラスにやってくる。

一人暮らしで色々とやることが多いというのもあるが、単純にそうしないと色々と不都合があるからだ。

「おい、〝おこぼれ〟が来たぞ」

「近寄らないでほしいわ、平民の汚れた血なんて、穢《けが》らわしい」

ヒソヒソと、そんな声が聞こえてくる。

〝おこぼれ〟。

貴族たちは平民である特待生を公然とそう呼んでいた。

魔術は栄光ある貴族のもので、平民がそれを扱うのは〝おこぼれにあずかっているだけ〟だと言って憚《はばか》らない。ふざけた話だ。

「人は魔術の前に平等である」

そんな崇高なる理想は、結局理想でしかない。

現状は、こうして針の筵《むしろ》に座る気持ちで縮こまって生きるしかないのだ。

……それでも俺がこの学園で魔術を学ぶのにはいくつか理由がある。

その一つが——

「すいません、遅れちゃいましたー！」

彼女だ。

「朝会」が始まるまさにその瞬間。

ほとんど間に合うか間に合わないかくらいの時間でクラスにやってくる俺よりも、更に遅くやってくる唯一の学生。
フィーア・カラット。
俺の隣に座るクラスメイトであり、俺が唯一この学園で友人だと思える相手。
そして、今この時はまだ知らなかったことだが――
この国の至宝とも呼ばれる美貌の王女。ステラフィア・マギパステルその人だ。
俺の隣の席に座る可愛《かわい》らしい少女――フィーアは、このクラスの人気者である。
肩より少し下まで伸びる茶髪のセミロングに、羽根を模した髪飾りがワンポイント。
小柄で、美人というよりは小動物のような愛らしさが特徴的な少女だ。
明朗快活、文武両道。
絵に描いたような優等生の彼女は、クラスの誰にでも優しい純朴な性格で。
誰を相手にしても仲良くなれる愛想《あいそ》の良さと、人懐《ひとなつ》っこさは多くの人間を魅了する。
そしてその優しさは――
「おはよっ、ハイムくん」
俺に対しても、どういうわけか平等に向けられていた。
「おはよう、フィーア」
「んー、よろしいっ！　フィーアさんじゃ堅苦しいもんね、やっと馴染《なじ》んできた？」

びしっと、人差し指を立てながらフィーアが微笑《ほほえ》む。

「お陰様でな」

俺の返事にうんうんと頷《うなず》きながら、自然な動作で席につくフィーア。

周囲の視線なんて気にすることもない。

むしろ、彼女がいるのに俺に対して侮蔑の視線を向けるのは恥ずべきことであると感じてしまうような、太陽のような笑み。

それを前にしてか、俺に対する厳しい視線も和らいだ。

まぁ、一部の連中はむしろ更に視線を鋭くするのだが。

「そうだ！　今日は考古魔導学の講義だったよね」

「ああ、月に一回しかやってない講義だから、休まないようにしないと」

「えへへ、やった」

何やら嬉《うれ》しそうに、にししと笑うフィーア。

小さくガッツポーズまでしていて、俺は自然とフィーアに視線を向けてしまう。

考古魔導学は、魔導学園パレットで受けられる講義の一つで、まぁ、人気がない。

具体的に言うと、今年この講義を受けているのは、俺とフィーアの二人だけってレベル。

それでこんなに嬉しそうにしてるフィーアは、余程考古魔導学が好きなんだろう。

まるで、俺と一緒の講義が嬉しい、みたいに勘違いしてしまう。

この学園に入学して以来、フィーアは何かと俺のことを気にかけてくれている。

それだけ優しいということなのだろうが、本当にいいんだろうか。

平民であり、〝おこぼれ〟なんて呼ばれる俺と比べ、フィーアはクラスでの人気も高い。

誰からも好かれる性格もさることながら、優しさを向ける相手は、決して俺だけではないからだ。

なんというか、相手の嫌がることをしないようにするのが巧《うま》い。

それでいて、困っていたらさり気なく助ける。

気遣いの達人ってやつだな。

後はまぁ、他にも色々と理由はあるんだが……とりあえず、今はいいか。

「じゃあ、今日もよろしくね、ハイムくんっ」

「ああ」

にしても、俺に対してはやたら親しげな感じなのは何なんだろうな？

勘違いしてしまいそうだ。

うん、敢《あ》えてフィーアの欠点を挙げるとすれば、男子を勘違いさせてしまうところだな。

俺だけじゃない、彼女のこのクラスにおけるカーストに関わる話でもある。

「朝会」が終わると、フィーアは教師に呼ばれて何かしらの手伝いをしにクラスを出ていってしまった。

人が好《よ》いのは悪いことではないんだが、いちいちいろんな人から雑用を押し付けられがちなんだよな、フィーアは。


「――おい、〝おこぼれ〟」


なら、俺もクラスに居座るのは空気を悪くするだけだから、さっさと席を立って講義に向かおうと考えていたのだが、声をかけられた。

剣呑《けんのん》な声音だ。できるだけ、相手を刺激しないようにそちらを見る。

「誰の許しを得て、フィーアと話をしているんだ？」

いかにもな男がそこにいた。性格の悪そうな巨漢である。

「答えろ、おこぼれ」

「俺は……挨拶をされたから、それに返事をして雑談しただけ、なんだが……」

「ふざけるな‼」

胸ぐらを摑《つか》まれる。クソ、今日は特に虫の居所が悪いな、これは。

グオリエ・バファルスキ。

この国の貴族の中でも、上から数えたほうが早い上級貴族、バファルスキ家の次男坊。

見ての通りの乱暴者で、クラスで最も有力な貴族子息でもある。

まぁ、つまるところ、このクラスの中心人物だ。

「そもそもお前のようなおこぼれの平民が、このクラスで呼吸することを許可しているだけでも俺は寛大なのだ。それでありながら、フィーアと話をするなど、お前がおこぼれでなければ今すぐこの場で斬り捨てているところだ！」

そして、フィーアに対して好意を抱いている。

というか、自分はフィーアより格上の貴族なのだから、フィーアは自分のものであることが当然だというのが彼の考え。

カラット家は、比較的地位の低い貴族で、特に功績なども残していないらしい。

グオリエがそう考えるのは、彼にとっては普通のことのようだ。

ただ、一応言っておきたいのは、グオリエのような考え方はマギパステルの貴族として一般的なものというわけではない。

彼が特別横暴なだけだ。しかし、

「まったく、これだからおこぼれは」

「フィーアさんの格に傷がついていると、どうしてわからないのかしら」

クラスメイトは、その空気に呑《の》まれている。

俺が気に入らないのは、横暴な個人ではなくそれに流されるだけのお前らだよ、と言ってやりたいくらいだ。とはいえ——

「ちょっと、何してるのバファルスキくん！」

——彼女の手前、それを口に出すことはないわけだが。

「なっ……フィーア!?　なぜここに!?」

「なぜじゃないっ。ハイムくんから手を離して。それ以上はただの喧嘩《けんか》じゃすまないよ！」

フィーアがクラスに戻ってきた。

途端に周囲の空気が俺に対する剣呑なものから、フィーアに対する気まずいものに変わる。

「クソッ……あまり調子に乗るんじゃないぞ、平民」

流石《さすが》のグオリエも、フィーアを前にしては引くしかない。

手を離されて、俺はほっと一つ、息をついた。

「バファルスキくん、ハイムくんは特待生だよ。国が選んだ生徒なの、あまりそういう言動をすると、あなたのお父様もかばいきれなくなるんだよ」

「……それは、俺への嫌味か、フィーア」

「違うって！　君のために言ってるんだってば！」

正直、俺はグオリエ個人よりもクラスの空気のほうが嫌いだが、それはそれとしてグオリエは人の好意を悪く受け取るやつだ。

有《あ》り体《てい》に言って、性格が悪い。

そういう相手にまで誠実に振る舞うのは、疲れるだけだと俺は思うぞ。

□

この学園の講義には二つの種類がある。

必修講義と、選択講義。

必修講義は、すべての学生が受ける必要のある講義であり、クラス単位で行われるのが特徴だ。

あのたちの悪い連中と、同じ空気を吸わなくてはならないわけだ。

とはいえ、私語などが許される場ではないから、目立たないようにしていればこちらが攻撃されることはない。

それをわかってか、フィーアも必修講義の最中は、基本的に俺へ言葉をかけることはない。

朝会《あさかい》前などで積極的に声をかけてくるのは、そのほうが俺を守れるからだ。

多分、やたら俺に対して好意的なのも、それが理由……だと思う。

「では、今日は中級火炎魔術の実習を行う」

今日は実習だ。

座学と実習、二つの種類があるこの学園の講義だが、普通は実習のほうが人気だ。

わかりやすく派手だからな、魔術を使う行為は。

魔術、この世界においてその存在は文明の発展に必要不可欠だった。

この世界のあらゆる技術は魔術によって発展したと言っても過言ではなく、多くの人間は魔術を使って生活を送っている。

魔術を本格的に学ぶには、それなりの環境が必要だ。

しかし日常的に使う魔術程度なら、この世界の至る所で学ぶことができる。

魔導学園パレットは、そんな世界で唯一魔術を専門に教える学園である。

貴族学校としての側面もあるから、選択講義には帝王学だの経済学だのの講義もあるが、必修講義はすべて魔術の講義だ。

「グオリエ・バファルスキ、前へ！」

この世界の魔術は、下級から上級までの〝等級〟と、火炎や冷気などの〝種別〟で分けられる。

種別は様々だが、等級は基本的に下級、中級、上級しかない。例外はあるが。

中級火炎魔術は、その中でも比較的ポピュラーな魔術だ。

「火よ、逆巻け！」

グオリエが詠唱すると、炎が生まれる。

炎は生まれた状態から変化することなく、指定された的に向かって放たれる。

そして、寸分たがわず命中した。

「詠唱の精度、命中、どれを取っても申し分なし。今後も練磨を続けるように」

「当然だ」

だいたい八十点ってところだな。

グオリエは腐っても上級貴族、魔術の練度はクラス内でもかなり高い。

だが、現状に満足している節があるから、その点を差し引かれて八十点。

そんなところか。

「では次、ハイム、前へ！」

「はい」

続いて俺の名前が呼ばれる。周囲からは冷ややかな視線。

……グオリエ、わざとこうなるように、俺を自分の次にするよう教官へ言ったか？

ともあれ、やることは変わらない。俺も中級火炎魔術を行使する。

「火よ、逆巻け」

炎が俺の前に生まれる。

揺らめく炎は、一瞬大きく燃え上がったかと思うと急速にしぼんだ。

「……煌々《こうこう》と」

一言だけ、周囲に聞こえないよう付け加えて、俺は魔術を放った。

結果、明らかにグオリエのそれより威力の低い炎が、的の横を通り過ぎていった。

「…………」

「…………」

その結果に、教官は少しだけ黙りこくる。

ちらりと視線を向けると、フィーアも沈黙していた。

他のクラスメイトは、嘲るような笑みを浮かべている。

無論、グオリエもだ。

「教官」

「……あ、ああ。詠唱は正確だが、命中に難がある。魔術を使うという意識を常に心がけるように」

「わかりました」

高めに評価しても、せいぜいが四十点。

的にすら当たっていないのは、かなり評価が下がるだろう。

そういう風に魔術を使ったから、当然だ。

途端、周囲から俺を侮蔑するような笑い声が漏れた。

一番うしろで、フィーアが面白くなさそうにそれを見ているが、気付くものは振り返って生徒たちのほうを見ている俺しかいなかった。

□

面倒しかない必修の実習と比べて、選択講義の座学は楽なものだ。

魔導学園はとにかく生徒が多いもんだから、その中に埋もれてしまえば俺を蔑むやつはそんなにいない。

中には偶然グオリエやその取り巻きと被《かぶ》ってしまい、泣く泣く今年の単位を諦めた講義もあるのだが。

まぁ、それは来年取り直せばいいだけの話だ。

今は今日の選択講義、考古魔導学に集中しよう。

生徒は俺とフィーアの二人だけ。

フィーアはこの講義に関しては、毎回いつからスタンバってるんだってくらい来るのが早いから、自然と後からやってきた俺にフィーアの視線が向けられることになる。

今日は、とてもむすっとした視線を向けられた。

「ハイムくん、私は怒っています」

「急にどうした……」

クラスの連中が向けるそれとは、幾分違う視線だが、それにしたって剣呑《けんのん》なことには変わりない。

「君、実習だといつも手を抜いてるよね」

「まぁ……そりゃそうだろ」

実を言えば、俺の実習の成績は普通にやれば文句なしの満点を取れる程度に良い。

そもそも特待生として学園に来てるんだから当然で、フィーアはそれをわかっているのだ。

グオリエと違って。

「グオリエの前で、あいつのプライドを折る必要もないだろ。面倒になるだけじゃないか」

「でも、特待生で才能のあるハイムくんが、評価されないのは納得いかない！」

「評価は……されてるんじゃないかな」

そう言って、俺は先程の実習で使った魔術を放ってみせる。

屋内で火を扱うわけにはいかないので、出現させるのは氷だが。

出現させた氷は、出現した直後は巨大だったが、すぐに小さくなる。

「あ、それ。さっきの実習で使ったやつ。何をしたの？」

「流石《さすが》フィーア、俺が何かをしたってことは気付いてたんだな」

俺は小さくした氷をフィーアに手渡す。

最近は季節が少し夏に傾いてきたからか、若干蒸し暑い。

フィーアは手渡された氷を頬に押し当てて、きもちーとつぶやいていた。

「上級魔術を、中級魔術の効果になるようアレンジしたんだ」

「…………んえ？」

そして、俺の言葉を理解できず停止した。

やっていることは単純だ。

魔術の効果を意図的に弱くしたのである。

ただし、その難易度は普通に魔術を使うのと比べて、余りにも高い。

「そ、それって……上級魔術の制御難易度で中級魔術の効果を使ってるってこと⁉」

「ああ、なんなら普通に上級魔術を使うよりも、アレンジを挟んでる分制御が難しいな」

「それは何ていうか……ハイムくんが魔術バカなのは知ってたけど、もの好きすぎだよ……普通やる必要ないじゃん」

氷を首筋に当てながら、ジトッとした視線をこっちに向けてくる。

まぁ実際は、それを更に制御を甘くしているように見せかけているわけだから、難易度はもっと高いのだが。

そこまで言う必要はないな、うん。

というか、首筋に氷を当てているせいか、うなじが見えているんだけどフィーア。

そういうところは気にしないのだろうか。

こっちのほうが恥ずかしくなってしまうぞ。

そんな気持ちを振り払うため、俺は話をまとめにかかる。

「俺は魔術が好きなんだ。だったら、楽しくない魔術の実習にも少しくらい楽しみを持ちたいだろ」

「ハイムくんって……やっぱり凄《すご》いんだ！」

なんだか、やたらと嬉《うれ》しそうに目を輝かせるフィーア。

そこまで言われると、なんだかこそばゆいな。

教官も、このことをわかってくれている。

だから、実習の評価だって決して悪くはないだろう。

「なにより、そんな真似をしてるのは実習だけだ。座学は試験の点数が公開されないし、手を抜いてないよ」

「んんー、でもでも！」

俺の説明を聞いたからだろうか、なおさら意固地になりフィーアは不満を顕《あらわ》にする。

「やっぱりハイムくんは凄いんだよ！　特待生なんだから、特待生として評価されるよう振る舞うべきなんだもん！」

「そうは言うが、俺は特待生である前に平民だ。なら平民は平民らしく振る舞わないと」

「うーうー！」

しきりにワガママ放題なフィーア。

もちろん、俺を気遣ってくれているのはわかるんだが、それはそれとして。

普段はこういうワガママを見せないフィーアに、むしろギャップを感じてしまうのは俺だけだろうか。

……結局、今日の昼食を一緒に食べることで手打ちとなった。

さて、今俺たちが受けている考古魔導学は、前述の通り人気のない学問だ。

その理由は非常に単純、講義が月に一度、不定期であること。

教える教授の都合で、空いている時間にねじ込まれる形で予定が入る。

貴族の時間は有限、そんな講義を受けられるのは特待生であり普段は暇してる俺のような学生だけだ。

フィーアは何故《なぜ》か毎回受けられてるけど、彼女のスケジュールはどうなっているんだろう。

「揃《そろ》っているようだの、講義を始めるぞ」

そして教授は、今日も少し遅れてやってくる。

どんだけ忙しいんだよ、と思うのだが、どういうわけか考古魔導学の教授を普段学園で見かけることは少ない。

オルディ・ストラ。

白髪交じりな初老の男性教授だ。

俺にとっては、ある意味恩師のような存在である。

俺、ハイムは特待生だ。

だが、実を言うとそもそも俺はこの学園に入るつもりはなかった。

魔術の勉強をするのに学園は最高の環境、だがそれに付属する柵《しがらみ》が鬱陶しかったのだ。

だから家族には、もしも特待生として学費が免除されたら入学すると常々言っていた。

そんな俺を、特待生として学園に招き入れたのが、ストラ教授だったのだ。

ほとんどやる気のないまま臨んだ面接の場で、俺について熱心に聞いてきたストラ教授。

その推薦もあって、俺は特待生として認められ学園に通うことになった……らしい。

正直、詳しいことはよくわからない。

俺のクラスを担当している教師から、それとなく話を聞かされたくらいだ。

とはいえ、今となっては俺が学園に通う理由の一つはストラ教授にある。

彼は何かと俺に便宜を図ってくれる、特待生という難しい立場で、貴族の後ろ盾もない俺にとって、彼こそがこの学園の拠《よりどころ》だ。

だが、何よりも――ふいに、フィーアと視線が合った。

微笑《ほほえ》むフィーアは、相変わらず愛くるしい。

正直見惚《みと》れてしまいそうになるのを、講義に集中するためという名目で視線を逸《そ》らして防いでいるくらいに。

　そのことで、またフィーアから鋭い視線が向けられるわけだが。

　そもそも俺がフィーアと話をするようになったのは、この考古魔導学の講義が理由だ。

講義を受ける間、常に二人ということもあって自然と話をするようになった。

以来、グオリエからフィーア自身のことがなくとも邪険に扱われる俺の、せめてもの防波堤となるようクラスでも積極的に話しかけてくれるようになった経緯がある。

　だから、ストラ教授には感謝しかないのだが——

「むむ、何やら恋愛の波動を感じるの、仲睦《むつ》まじいことだ」

「ちょっと、教授⁉　何言ってるの⁉」

時折、俺とフィーアのことをからかってくることだけは、正直恥ずかしいと思っていた。

□

「なんでそんなに、よそよそしいの？　一緒の席で食べようよ」

「いや、でもなぁ」

「食べるの食べるの！　たーべーるーのー」

　フィーアが俺の服の袖をつかんで、ぶんぶんする。

顔をぶんぶん横に振っているのを見ながら、振り回される俺の袖が犬の尻尾みたいだと思ってしまった。

「わ、わかったって」

最終的に俺はフィーアに背中を押され、向かい合う位置に座らされた。

ここは学食、多くの学生が集まる場所だ。

普段、俺はここを利用しない。クラスの連中と顔を合わせたくないからだ。

だが、今日はフィーアがここで食べたいと言い出したので、やってきた。

この、ちょっとワガママだけどそれが愛嬌《あいきょう》になってしまう少女に、逆らえる日が来ることはあるのだろうか。

「どうしても学食は苦手だな、周りの視線が気になるんだよ」

「えー？　全然周りの人は気にしてないよ、ハイムくんのこと」

「そうか……？」

「うん、何だったらクラスメイトだって、こっちのことは特に見てないもの」

ほら、と指差すフィーア。

見ればそこでは、クラスメイトたちが談笑している。

なんてことはない、普通の学生の姿だ。こっちになんて、気付いてすらいない。

「あのクラスの中じゃなければ、ハイムくんを悪く言う人はいないもん」

「あいつらは、クラスの雰囲気に呑《の》まれてるだけ、ってことか」

グオリエがすべての原因だということは、俺だってわかっている。

あいつがクラスの雰囲気を支配しているから、周りの連中もそれに釣られているだけだ、と。

「来年になればクラスも変わって、バファルスキくんはハイムくんとは別のクラスになる。そうすれば、クラスの人たちもハイムくんをバカにしなくなるよ」

「そんなもんかなぁ……イマイチ、俺は貴族っていうのを信用できないよ」

流石に、アレだけこっちを下に見られるとな。

グオリエと俺が別のクラスになるっていうのは当然だろう。

教師たちも、まさかここまでグオリエが俺を攻撃するとは思っていなかったそうだ。

「それ、私も信用してないってこと？」

「むしろフィーアは貴族とは思ってない、個人の友人と思ってるんだ。当然、信用してるよ」

「ほんと!?　……んへへ」

ゆるっとした笑みを浮かべるフィーア。

そんなフィーアを見ていると、思ってしまう。

来年。そう、来年だ。

すでに数ヶ月、俺はこの学園で学生生活を送っている。

グオリエと同じクラスでなければ、確かに生活は送りやすくなるだろう。

しかし同時にそれは、フィーアと同じクラスじゃなくなるということでもある。

生徒数の多い魔導学園で、特定の誰かと同じクラスになることは中々ないのだ。

グオリエがいてもフィーアがいるクラスと、どちらもいないクラス。

俺は、果たしてどちらを選ぶんだ？

「……どうしたの？　はやく食べようよ、せっかく美味《おい》しいのに冷めちゃうよ？」

「ん、悪い。少し考え事をしてただけだ」

「考え事ー？　……ん、あれ？」

ふと、フィーアは何かに気付いた様子で人差し指を口元に当てながら視線を上げる。

「あっ！」

そして、何かに気付いてから。……なぜか、嫌そうな顔をした？

「……ハイムくんとバファルスキくんが別のクラスになるってことは……私も別のクラスになっちゃうじゃん！」

あ、気付いてなかったのか。

「むううう……！」

そうして、膨れながら昼食を食べるフィーア。

多分、俺と別のクラスになるのが嫌……なんだよな？

それを直接フィーアに聞く勇気は、残念ながら俺にはなかった。

□

話は少し戻る。

考古魔導学の講義が終わった後、ストラ教授に頼み事をされた。

「資料の整理を手伝ってほしいのだ」

とのこと。もちろん俺は引き受ける。

雑用を押し付けられただけじゃないかと一見思うかもしれないが、そうではない。

それらは、学園にある貴重な魔術に関する資料なのだ。

それを整理しながら読むことができる。

はっきり言って、メリットしかない頼み事である。

フィーアも頼まれたが、そちらは何やら用事があるようで。

普段から忙しそうな彼女だが、特に部活などをしているわけではないらしい。

外で何かしらの活動でもしているのだろうかと、この時の俺は思っていた。

「失礼します」

ストラ教授から預かった鍵を使って、教授の研究室に入る。

中は非常に散らかっていて、机の上には様々な資料が所狭しと置かれている。

これらを分類し、棚に詰め込むのが俺の仕事。

何にしても、宝の山だ――！

それから俺は、資料の分類に没頭した。

どれも俺が見たことのないような、魔術に関する論文だ。

正直、このすべてを一から読み耽《ふけ》りたい衝動に駆られるが、今はそれどころではない。

まずはすべての分類を終え、それから時間が余ったら興味のあるものを片っ端から読む。

その順番に思いを馳《は》せるのが、また楽しい。

魔導学園での生活は、正直あまり楽しいものではないけれど。

未知の資料や論文を直接手に取れる場所は、やはり世界広しと言えどこの学園しかない。

魔術を学ぶことは、とても楽しい。

俺のような平民でも、知識を吸収すれば吸収しただけ腕を伸ばせる。

「人は魔術の前に平等である」というのはマギパステルで掲げられた言葉だが。

魔術を研鑽《けんさん》するということにおいて、それは間違いなく事実だと俺は思う。

俺は、平民でありながら魔術を学べる環境で育った。

周りの人たちも、魔術を自分のために磨いた。

だが、特待生として学園に招かれたのは俺だけだ。

同じ環境、同じ設備が揃《そろ》っていたにもかかわらず。

その差は才能ではないと、俺は思う。

熱意だ。

俺には魔術を学びたいという熱意があったから、その実力を磨き続けることができた。

そう考えると、この学園の生徒はもったいないことをしている。

貴族としての柵や、プライドに拘《こだわ》って絶好の環境にいるにもかかわらずそれを活《い》かしきれていない。

グオリエなんて、その典型だ。

けれど、同時に。フィーアはどうなのだろう、と思う。

彼女はいつも忙しそうで、魔術の研鑽に時間を割けるわけではない。

それでも真面目で優秀だから、常に実習でも好成績を収めているわけだけど――

「……やっぱり、俺と彼女は、違う世界に生きてるんだろうな」

いくら考えても、その結論にしか俺はたどり着けなかった。

やがて資料をまとめ終え、俺は研究室に収まりきらない資料を、資料室へ片付けに行こうと行動を起こす。

そして、時間軸は現在に戻るわけだ——

2　バレる

沈黙する資料室。

凍りついた俺とフィーア。

フィーア？　ステラフィア王女？　フィーア？

なんだ？　混乱してきたぞ。

眼《め》の前の女性は知っている。

ステラフィア・マギパステル。

やたら美貌が有名な、この国の第三王女。

うん、俺もマジックフォトで見たことがあるその人だ、間違いない。

しかしよく見ると、その目元とか、口元とか。

顔立ちはフィーアそっくりだ。

どうして気付かなかったんだ？　と思ってしまうくらいには。

二人は、間違いなく同一人物である。

と、俺は思ったのだが。

「どどどっどどっどどどど、どうしてハイムくんがここにいるのぉ⁉」

驚愕《きょうがく》したフィーアが、すごい勢いでこっちに近づいてきた。

顔が、顔が近い！

「お、落ち着いて下さいステラフィア王女殿下」

「フィーアでいいよぉ！　えとねえとね、違うの違うの聞いてほしいんだけど！」

わたわたと慌てる中で、しれっとフィーアと呼んでいいと許可する王女殿下。

自分の正体を自白してないか？

そのままフィーアは、俺の周囲をぐるぐるしながらいろんなことを自白する。

「わ、私たちマギパステル王家には、他人の認識をごまかす魔術が古くから伝わってるの、だからそれを使って市井《しせい》に紛れて普通の人として暮らすことがあるんだ。もちろん、そんな魔術があるって世間にバレたら大変なことになるから、コレは王家の秘密なんだけど、結構私以外にも身分を隠して市井で生活したことのある人はいるよ、お父様とかそうだし。あ、カラット家っていうのは私たち王族が身分を隠すための隠《かく》れ蓑《みの》なのだから貴族としての地位も低いし功績も少ないんだそれでねえっとあの」

「お、落ち着いて、落ち着いてくれフィーア！　言っちゃダメなことしか喋《しゃべ》ってないから今！」

口だけでは止まりそうにないので、俺は思わずフィーアの手を摑《つか》む。

「え、あう、え？」

一気にまくしたてられて、俺はとんでもないことを凄《すさ》まじい勢いで知ってしまった。

まず、フィーア・カラットというのはステラフィア・マギパステル王女が身分を隠して生活するための偽りの姿。

魔術で認識をごまかしているから、こんなに似ていても周囲の人間は別人だと認識する。

そして今、どういうわけか資料室で魔術を解いていたフィーアは、俺にその正体が知られてしまったわけだ。

「……あ、あの、ハイムくん。今私、何もかも自分から告白してた……？」

「……冷静じゃなかったからしょうがないよ」

「は、ハイムくん……手」

顔を真っ赤にしながら、フィーアの視線が手元に向かう。

「あ、ご、ごめんっ」

「い、いいのっ。優しく摑んでくれたし。と、いうか……」

俺が慌てて手を離すと、フィーアはその場に崩れ落ちた。

そして、

「う、うあーーーーんっ！　私のバカーーーーーーっ！」

ぼろぼろと泣き出してしまった。

これがただ正体を知られただけなら、ごまかしようはいくらでもあっただろう。

俺が王女殿下をフィーアだと見抜いたばかりに、盛大に自爆してしまったのだ。

……いや、少しおかしいぞ？

そもそもどうして、認識をごまかしているはずのフィーアと、ステラフィア王女を同一人物だと俺は思えたんだ？

疑問は他にもまだまだある。

聞かなければならないことは多い。

「えっとね……魔術ってずっと使い続けると疲れるから、休憩場所が欲しかったの」

「それで、この資料室を休憩場所にしていたら、俺が入ってきた……と」

「うん……どうして？　鍵はかけてたのに……」

まぁ実際、鍵はかかっていた。

そもそも資料室というだけあって、普段から鍵がかかっている場所だから、人が入ってこないのも当然だ。

だってのに、俺は入ってきてしまった。

ストラ教授から、鍵を受け取ってしまったばっかりに。

フィーアの場合は……まぁ、マスターキーみたいなものがあるんだろう。

この学園の実質的な持ち主みたいなものだから、持っていても不思議ではない。

「いやその……ストラ教授から鍵を受け取っててな。資料の整理を頼まれたもんだから」

「うっ。そ、そうなんだ。うー、教授のバカーっ！」

なにはともあれ責任は俺ではなく教授にある……としたい。

もはや何が何やらだが、さすがに知ってしまった王家の秘密が多すぎる。

少しくらい、責任転嫁《せきにんてんか》をしても許されるだろう。

「しかし、そうなるとこれからどうするんだ？　俺はフィーアの正体を知ってしまった。これはとんでもないことだろ」

「そう、なんだけど、そうなんだけど……うーん」

フィーアは、何かを迷っているようだった。

おそらく、方法はあるがその方法をとるのに躊躇《ためら》いがあるんだろう。

なんとなく、想像できなくはない。

「……私は、ハイムくんの記憶を消さないといけないかもしれない」

記憶を消す。

すなわち記憶処理の魔術。

認識をごまかせる魔術があるなら、そういう魔術があってもおかしくはないと、俺も思っていた。

しかし、本当に存在するとは。

おそらく、それも王家によって秘された魔術なんだろうな。ともあれ。

「なら、そうしてくれ」

「……えっ⁉」

「どうした？　別におかしなことじゃないだろ」

仰天した様子で、フィーアは俺を見る。

「で、でも！　記憶を消すって言ってもピンポイントで消したい記憶を消せるわけじゃない！　下手したら、日常の記憶だって消えちゃうかも！」

「そりゃそうだろ、もしピンポイントで記憶を消せたら流石に万能すぎる」

「私のことをすべて忘れちゃうかもしれないんだよ！」

「それでもだ」

その言葉に、少しの不満を覚えたらしいフィーアが、鋭い視線をこちらに向ける。

「私はヤだよ⁉　ハイムくんに私を忘れてほしくない！　これって、そんなに変なこと⁉」

「だとしても、フィーアはステラフィア王女殿下なんだろう？　だったら俺は、フィーアを困らせたくない」

「……っ！　バカ‼　ハイムくんのバカ！！！」

フィーアがやる気になったところで、俺はフィーアに手を差し伸べる。

崩れ落ちたフィーアは、勢いよくその手を取った。

そのままフィーアが、俺に手をかざす。

魔力のうねり、魔術を行使する前兆がフィーアから発せられる。

間違いなく、記憶処理の魔術を使うんだろう。

ああ、そうだ。それでいい。

俺はフィーアに迷惑をかけるくらいなら――

「記憶よ！　記憶よ！　飛んでいけ！」

……いやちょっとまて、その詠唱おかしくないか⁉

絶対正規の詠唱じゃないだろ！

思わず冷静になってしまった。

せめて最後くらいは、いい感じに浸らせてくれ――


「……あれ⁇」

と、思ったまま。何の変化もなく、俺たちは数秒間その状態で停止した。

「え、えい！　えい‼」

いまだ摑んだままになっている俺の手をブンブンしながら、フィーアは何度か魔術を行使した。が、効果なし。

「……あ、あー、まさか」

光が俺を何度も包む。だというのに、変化はない。魔術が効いていないのだ。

複数回行使されて、俺はなんとなくその理由に行き着いた。

「……悪い、フィーア。どうもその魔術は俺に効かないらしい」

「な、なんでぇ……？」

色々自棄《やけ》になっているのだろうか、涙目になりながら問いかけてくるフィーア。

そこでようやく手を離し、数歩フィーアが下がった。

俺のことを、上から下まで観察している。少し、気恥ずかしい。

「無意識にレジストしてるんだよ。魔術師はある程度魔術を極めると、自分の実力以下の魔術師が使った魔術は効かなくなるんだ」

「え、ええ……なにそれ……私も知らないんだけど」

「一般的じゃないからな。普通、魔術をレジストできるくらい魔術を極められる魔術師は稀《まれ》だし……それに攻撃魔術を防げないから、そこまで大きな恩恵はないしな」

攻撃魔術は破壊を伴う。

たとえ魔術の効果をレジストできても、それに伴う破壊を防げないのでは意味がない。

だから、基本的に精神面に作用する魔術を防ぐ以上の効果はない。

「そ、それ……敢《あ》えて受けることはできないの？」

「完全に無意識下でやってることだからな……正直、俺もどうすればいいのかはわからん」

強《し》いて言うなら、俺よりも実力のある魔術師が使った魔術なら、レジストすることはできないはずだが。

とはいえ、普通はそれで困ることはない。

自分にとって有益な魔術はレジストしないためだ。

例えば回復魔術みたいなものは、ちゃんと効果を受けられるからな。

「つまり、ハイムくんの……記憶は、消せない？」

「王家に伝わる魔術って言うくらいだから、無意識下のレジストを突き破るほどの効果があるもんだとばかり思ってたからな、悪い。思い至らなかった」

「………」

フィーアは答えない。怒っているだろうか。

そう思って、眺めていると。

「う、ううう……うううううっ！　わ――――んっ‼」

フィーアは、泣き出してしまった。

そのまま床にへたり込み、わんわんと泣きじゃくっている。

「よかったよ、よかったんだよーーっ！　だって、私、私、ハイムくんの記憶……消したくないんだもん！　うわーーーーーんっ！」

「あ、えっと、とりあえず落ち着いてくれ、フィーア」

「ハイムくんっ！　私、記憶消さないから！　ハイムくんにずっと覚えていてもらうから！　だから、だからこれからも一緒だよ！　一緒だよハイムくん！」

「わかった、わかったから泣き止《や》んでくれ！」

「よかったうわーーーーーーんっ！」

余計泣き出した⁉

その後、しばらく泣き続けるフィーアを何とか宥《なだ》める。

しかし、決して悪い気はしない。

安堵《あんど》したことで泣き出してしまったフィーアを見て、俺も少しだけホッとしたからだ。

そりゃあ、記憶を消したくないのは俺だって同じなんだから。

ああでも本当、こんだけ色々言ってもらえると……どうしても、勘違いしてしまいそうになるな。

罪作りってやつだ、フィーアは。

「でも、これからどうしよう……」

さっきから、もう何度目かわからないくらい摑《つか》んだフィーアの手をまた摑んで、俺はフィーアを立ち上がらせる。

ただ、何度やっても気恥ずかしさが拭えない。

フィーアも、なんだか恥ずかしそうに視線を逸《そ》らしていた。

「そうだな……」

せめて、国家機密さえ知らなければまだ言い訳のしようもあったかもしれない。

いや、記憶を消す魔術に関して知ってしまった時点でダメだな。

本来ならその後忘れるから問題ないのに、俺が忘れられなかったばっかりに。

「……誰かしらには、報告したほうが良いとは思う」

「で、でもそれだと……ハイムくんは、大丈夫？」

「流石《さすが》に、俺たちだけで秘密を抱えるわけにもいかないだろ」

誰かに話せば、俺は色々と大変な目に遭うかもしれない。

そうでなくとも、俺にのしかかる問題は多いだろう。

二人だけの秘密にしてしまえば、きっとそれが一番楽なはずだ。

だとしても、俺は黙っている気にはなれなかった。

「あはは、ハイムくんならそう言うと思った」

「そう言われると、少し照れる」

そう言って頬を掻《か》く俺。フィーアは何かを考えている様子だ。

「……お父様に、相談してみようと思う」

「陛下に？」

陛下──フィオルディア・マギパステル。

ステラフィア・マギパステルの父にして、この国の君主だ。

賢王フィオルディアとも呼ばれ、その名声は大陸全土に響き渡っている。

政治、軍事、そして何より卓越した魔術の腕を持つ魔導王。

俺も、彼のことは心底尊敬している。

……まぁ、彼の素晴らしい魔術の腕前に心酔しているというのが正しいだろうか。

それくらい凄《すご》いのだ、彼の魔術師としての力量は。

「うん。……お父様も、私みたいに身分を隠して学園に通ってたことがあるから、理解があると思うの」

「あの、如何《いか》にも厳しそうな陛下が……」

「お父様が厳しそう？」

違うのか？　と首を傾《かし》げる。

マジックフォトで拝見した陛下の尊顔は、如何にも厳しい王としての顔だった。

政治においても、合理性を重んじる姿勢は有名だ。

合理的で有能だが、少し合理的すぎる部分もあるタイプ……と思っていた。

「ふふ……政治の場だとそうかも知れないけど、全然そんなことないよ？」

「そうなのか？」

「うん、親しみやすくて……とってもいいお父様なの」

そう言われて、俺はなんとなく合点がいった。

そういう人物に心当たりがあったからだ。

「なるほど、フィーアのお父上だものな」

「えー？　なにそれ、堅いよ。お父様はお父様なのに」

くすくすと、こちらをからかうようにフィーアは笑う。

「そういうところだよ」

親しみやすい王族という存在において、フィーアに勝る人間など果たしているのか。

何にせよ、俺たちはひとしきり笑いあった。

それからフィーアに、とりあえず一旦帰って、後は自分で話をすると言われた。

まぁ、俺が王城に行くわけにもいかないからな。

今、俺にできることはなにもないのだ。

そう考えると、少し歯がゆく感じられるのだった。

3　秘密

私、ステラフィア・マギパステル——もしくは、フィーア・カラットは王城のお父様がいる執務室の前までやってきていた。

ああ、うああ、あうあうああー……

ハイムくんにはああ言ったものの、お父様に話をするとなると、やっぱり緊張する。

王にして父であるフィオルディアお父様がいるであろう執務室の前で、私は何度か深呼吸をした。

そりゃそうだ、確かにお父様は優しいけど、それはあくまで父として。

執政者としてのお父様を、私はこれまで何度も見てきた。

高鳴る心臓を、手で押さえるようにする。

余計、ドキドキしているような気がした。

視線を周囲に向けて、人がいないことを確認する。

今すぐに、このまま中へ入っていくことはできそうになかった。

なので、彼のことを思い出して何とか心を落ち着けようとする。

ハイムくん。

魔導学園パレットではかなり珍しい、名字を持たない学生。

それは平民であると同時に、特待生であることの証《あかし》。

一応、平民に対しても門戸を開いている魔導学園パレットだけど、やっぱり平民に学費を賄うことは難しい。

これは単純に、学園を維持するためにはかなりの費用がかかるから。

魔術を行使するための設備、魔術を教えるための最高峰の人材、他にも様々なものに対してお金がかかりすぎるんだよね。

叶《かな》うことなら、誰にでも無償で学園の薫陶《くんとう》を授けたいと、お父様はよく言っていた。

そんな学園に、特待生として入ってきた学生がいた。

そんなことをお父様から直接聞かされて、私はハイムくんの存在を知った。

特待生というのは、正直かなり珍しい存在なんだ。

数年に一人入ってくればいいほう。

それが、ちょうど学園にフィーアとして通うことになった私の同級生になったとあれば、話にでてくるのは当然だ。

だから興味を持ったし、お父様に頼んで同じクラスにしてもらったりもした。

コレくらいなら、王女のワガママとしては可愛《かわい》いもの……だと思う。

可愛いものだよね？　うん、多分きっとそう。

まさか、隣の席になるとまでは、流石に思ってもみなかったけど。

話をしてみて、ハイムくんは魔術の虫だと思った。

それくらい、魔術に対する強い探究心をハイムくんは持っていたんだ。

特にハイムくんは平民であるため、周囲から浮いていた。

ハイムくんを毛嫌いするバファルスキくん――グオリエ・バファルスキの影響もあるんだろうけど。

そのことを気にする様子もなく、ハイムくんは振る舞っている。

流石に直接話をしてみると、色々思うところはあるようだけど、それを表に出すことはない。

魔術の実力も確かで、知識量ではこの学園の生徒で敵《かな》うものはいないのではないだろうかというほど。

少なくとも、私じゃ絶対にハイムくんには勝てないと、そう思わされた。

けれど、だからこそ良いこともあったのだ。

私が初めてハイムくんに好意を抱いたのは、ハイムくんに魔術に関するわからないことを聞いた時なんだから……

――なんて。

「わ、私はなんてことを考えてるの……っ！」

声にならない声で叫び、頭を抱えてうずくまる。

これじゃあ全然心が落ち着かない、どころかむしろ余計に緊張してしまっている。

というか、そのせいで気がついた。

今、自分が緊張しているのは、お父様の厳格な姿を見るのが怖いからなのか、それともハイムくんのことをお父様に話すのが怖いからなのか。

どちらなのか、自分にすら理解《わか》らなかったのだ。

「失礼します……」

それでも、何とか私は執務室に入った。

お父様は仕事が一段落したのか何やら本を読んでいるところだ。

お父様のことだから、魔術の論文か、他国から取り寄せた稀覯《きこう》本のどちらかだろう。

話をするタイミングとしては、ちょうどよかったみたい。

「おお、ステラフィア。どうしたのだ？」

「申し訳ありませんお父様、少し、お話がございまして……」

「何、問題はない。今は手も空いている。何でも言ってみなさい」

相変わらず、父としてのフィオルディアお父様は慈愛に満ちた人だ。

そんなお父様に、今から厳格な王としての判断をさせなくてはならないかもしれないと思うと、私は緊張でおかしくなってしまいそうになる。

「その、私は今、フィーア・カラットとして学園に通っています」

「ふむ、そうだの。王女として、市井《しせい》の人々に近い環境に身を置くのは正しいことだ。私もかつてはそうだった」

「それで、えっと……私には、ハイムく……ハイムという学友がいるのですが」

「ああ――知っている」

ハイムくんの名を出した時のお父様の反応は、少し予想外のものだった。

知っている……っていうのは。

確かに、ハイムくんのことを教えてくれたのはお父様だったけれど。

――知っている。思ってもみない返事だった。

まるで、ハイムくんと直接会ったことがあるかのような……。

「知っているとも、彼は学園創立以来の麒麟児《きりんじ》だからの。ステラフィアには話しておらなんだが……彼はあの学園で今までに二人しか出ていない、入学試験を満点で突破した学生なのだ」

「えっ⁉　は、ハイムくん……彼は、そこまで優秀だったのですか？」

思わず、くん付けで呼んでしまうほど、衝撃的な話だった。

慌てて訂正したけど、流石にごまかせてはいないと思う。

少しだけ、恥ずかしくて顔が赤くなる。

だけど、すぐに意識をハイムくんの満点合格へ向ける。

魔導学園パレットの入学試験は非常に難しいことで有名だ。

ただ、その分そこまで試験の点数は合格に関係ない。

学費を支払うことができて、身元が確かなら基本的に学園は来るものを拒まないのだ。

そういったこともあり、その入学試験を満点で突破した人間は二人しかいない。

魔導学園パレットには、数百年以上の歴史があるにもかかわらず。

「その彼が、どうかしたかの？」

「あ、え、えっと、そうでした……」

現実に引き戻される。私は、そもそも大事な報告をしに来たんだ。

ハイムくんに関する新情報を知って、尊敬を深めに来たわけではない。

「その……申し訳ありません、お父様」

「何だのう？」

「彼に、私の正体が露呈してしまいました」

意を決して、ステラフィアは口にした。

もうここまで来てしまった以上、止まるわけにはいかない。

「おお、ようやっと正体を明かしたか。いや、思った以上に長かったの」

――――へ？

「え、あ、え、え、あ……え？」

「ふむ、どうしたのだ？　そのような顔をして。まるで意を決して話したことをあまりにもすんなり受け入れられて、理解が追いついてないように見えるの」

「か、完全にその通りではないですか、お父様っ！」

思わず叫んでいた。

いや、叫ぶ状況ではないんだけど、叫ばずにはいられなかった。

何だったの⁉　これまでの私の緊張は何だったの⁉

「何、別に隠すことではあるまい。学園でステラフィアが彼と仲睦《なかむつ》まじく食事をしているという報告はこれまでも何度か受けておる」

「そ、それは学友として……フィ、フィーア・カラットとしてですっ！」

「だがな――」

私の言い訳に、お父様はため息を一つ零《こぼ》す。

「バレたのが、他の生徒でなかったことを、ステラフィアは嬉《うれ》しく思ってるのであろう？」

「え？」

それは、どこか呆《あき》れのようなものを含んでいた。

「恋慕する相手にバレたのだ。むしろ、嬉しそうに見えるの」

――――んえ？

「そ、そそそそ、そんなことないですよーーーっ！　お父様ーーーーっ！」

「これ、もう夜も遅い、そう騒ぐでない」

「で、でも、でもぉ！」

　ぶんぶんぶん。

　思わず素に戻ってしまった。

　でもこれは、これは無理もないと思う！　思うんだけど――！

「ではのう、娘からの報告の半分が、隣の席の学友に関するものだった時、私はどのようにそれを受け取ればよいのだ？」

「え、う……」

　確かに私には、学園で起きた出来事を報告する義務があった。

　何かおかしなことが起きた時、それをお父様が把握するために。

「た、ただの学友に関する私見と言いますか……」

「報告内容に毎回、彼の容姿に関する内容が含まれていなければ、そうだの」

　そして起きていた、色恋沙汰というおかしなことが。

　多分、お父様はそう言いたいんだろう。

「私も彼の顔は見たことがあるが、顔立ち自体は非常に凡庸なものだったぞ？」

「ちっがいますー！　お父様は目が節穴なんです！　ハイムくんはすーっごくかっこいいんですっ！」

「自白したのう」

「あっ……うぅううう」

かくして、私は崩れ落ちた。

もう、溶けて消えてしまいたい……

「ま、久々にステラフィアの愛らしいところが見られた。彼には感謝しなければのう」

なお、そんなお父様のつぶやきは、完全に耳に入ってこなかった。

しばらくして、ようやく私は多少冷静になった。

その間、お父様に微笑《ほほえ》ましげな視線を向けられたことには、大層傷ついたものの。

原因は私だ、とてもではないが文句は言えないよ……

「ともあれ、私は別にステラフィアの正体がバレたことに関しては問題視しておらん」

「そ、そうなんですか？」

「これが、特待生《ハイム》でなければ、また違ったがの」

つまるところ、特待生とはそれだけ特別な存在なんだ。

それに……

「まぁそもそも、彼でなければ記憶処理魔術を防ぐこともできなかっただろうからの、その場合はそれで終《しま》いだ」

「な、なるほど……」

少なくとも、今の学園で魔術のレジストができる学生はハイムくんしかいないと思う。

「何よりも大きいのは、お主が彼を恋慕しておることだ」

「れ、恋慕は別にいいじゃないですかっ！」

「関係があるのだ。お主が彼を恋慕しておるように、彼もお主を憎からず思っておるだろう」

「なっ――――」

え？　ハイムくんが私を憎からず思ってる？

つまり、好き？　スキ？　すき……しゅき？　はわわわわわわ!?

「断言しよう、その年頃の男子がお主に素の距離感で接されて、悪いようには絶対に思わん」

「そ、そうですかねー!?」

ああ、とお父様は力強く頷《うなず》いた。なんか、やたらと実感がこもっているのを感じる。

私はといえば、思わず髪を手で梳《す》きはじめた。

「そ、そりゃあー？　私も女の子ですし？　彼と交流を持つ中で、それなりに彼が私を思ってくれてるな、と感じる時はありますけども？」

「……その、身内しかいない場になると、途端に調子に乗り出すところが、彼を幻滅させなければよいがの」

「な、何を言っとるですかお父様ーっ！」

なんか敬語が変になった。ううう、顔が、顔が熱い！

「ともかく、彼を好《よ》く思っておるのなら、決して手放さんことだ」

「ど、どうしてお父様はそんなに私の恋に積極的なんですか……？」

「特待生とは、それほど特別な存在だからの」

――その言葉に、私はほんの少し。

王としての父の厳格さを垣間《かいま》見た。

思わず私も、居住まいを正してしまう。

「よいか、ステラフィア」

「は、はい」

「特待生は、この世界の魔術の歴史を変えてしまうほどの素質を持った人間のみが許される立場なのだ」

「……っ！」

それは、思ってもみないほどに大きなことだった。

特待生、確かにハイムくんの才能は特別だと私も思うけど、国が彼をそこまで評価していたとは思わなかった。

　それは、すなわち。

「……ステラフィア、お主は民の人気こそ高いものの、庶子だ。王族としての格は、実質は下の妹二人にも劣るだろう」

「そう……ですね」

「残酷な言い方をするが、お主が彼を恋慕によって国に取り込むことは、お主の立場よりも価値があることなのだ」

　あくまで、お父様は王として厳格であった。

　私の正体がバレたことを許したのではない。ハイムくんだから許したんだ。

　その事実は、相応に私とお父様にとって重い意味を持つ。

　私は今、ようやく自分の〝恋愛〟がとても大きな事件なのだと、自覚した。

　自分で言うのも何だけど、私は国民から人気が高い。

　それでも、私は妾《めかけ》の子なんだ。

　父も家族も、私のことを愛してはくれているけど、それでも実感はあった。

　自分はいずれ、この国の王女ではなくなる、と。

結局のところ第一王女でもない限り、王族として生まれた女性の行き着くところは他国への嫁入りか、臣下への降嫁《こうか》。

どちらにせよ、婚姻の道具として扱われるのは当然のこと。

后妃の子ではないのならなおさら。

これが后妃の子なら、王位を継ぐ可能性もなくはないけど。

上の第一王女に第二王女《おねえさまたち》、そして下の第四、第五王女《いもうとたち》は万が一ではあるが王位継承の可能性がある。

それがありえないのが私……ステラフィアだ。

私が何をしようと、それだけは絶対の事実だった。

「故に、お主が特待生と恋仲になるのなら、それは歓迎すべきことだ。彼を王族に取り込むまでは難しくとも、彼が為《な》した功績に報い、爵位とお主を褒美《ほうび》に与えることはできる」

「…………」

「だが、お主に対して私から言うべきことは、そのような実利に関するものではない」

だけど、そんな事実はどうでもいい。

それは、お父様が言うまでもなく、私自身わかっていたことだ。

だからこそ、お父様の厳格な物言いを正面から受け止めたうえで、私は次の言葉を待つ。

「……だから、よいかステラフィア」

それは、とても優しい声音だった。

私のよく知る、父としての声音。

だからこそ、覚悟を持って私はそれを聞いた。

「その幸運をお主が摑《つか》めたのは、お主が彼と真摯に付き合ったからだ。お主の正体が露呈するまで、彼との関係を積み上げてきたからだ」

幸運。

お父様はそう言った。

王族として、王女として。

恋慕の感情が成就《じょうじゅ》するかもしれないという幸運を、私は摑んだのだ。

「そのうえで、お主と彼の前に立ちはだかる困難は、未《いま》だお主たちの前には現れておらなんだ」

「……はい」

お父様が私の恋慕を許した重い意味。

それは、特別な人材を国に取り込めという意味、ではない。

王族でありながら、幸運にも愛する男性と結ばれる可能性を得たという意味、でもない。

もしも私が、ハイムくんのことを好きでいたいなら、相応の困難が待っているという意味だ。

「それから、彼を守る覚悟はあるか？」

だから、父は娘にそう問いかけた。

たとえそれが、あまりにも分かりきった結論だったとしても。


「あります」


私は、迷うことなく断言した。

それに、お父様はほんの少しだけ安堵《あんど》の表情を見せる。

かくして、私、ステラフィア・マギパステル――もしくはフィーア・カラットと、特待生ハイム。

二人の〝特別〟な恋物語は、ここから始まるのだ。

「……まぁ、彼が私の恋慕に応えてくれたら、ですけど」

「そこで日和《ひよ》るでない、バカモノ！」

……始まるのだ。

2．好きだ

1　大丈夫

「と、いうわけで、大丈夫だったよハイムくん！」

凄《すご》く目を輝かせながら、笑顔でフィーアは宣言した。

「マジか」

マジかよ。

いやびっくりした。

まぁ、咎《とが》められることはないとは思っていたが。

これだと、ほとんどお許しが出たようなものじゃないか。

「あ、でも。もちろん他の人に私の正体がバレるーっていうのはダメだから！」

「そりゃな」

腕を交差させてバツマークにするフィーア。

ダメー！　と言いながらしばらくポーズを取っていた。

――一夜明け、俺たちは例の資料室で話をしていた。

秘密の話をするには、やはりここがうってつけである。

「……でえっと、他には？」

「……他？」

「いや、なんかこう。あるだろ、注意点とか」

「えーっと……特に言われなかったかな」

ちょっと待てよ!? もう少しこう、気をつけるべきこととかあるだろ!?

……なんかこう、釈然としないな。

フィーアが俺に伝えていないこと……はともかく、それ以外にも。

陛下がフィーアに伝えていない何かが、ありそうだと感じた。

とはいえ、その辺りをフィーアに突っ込むのは野暮だろう。

ただでさえ、色々と俺に気を遣って話していない部分も多いだろうに。

フィーアはただ「大丈夫だった」とだけ言った。

だが、その裏に色々と政治的な事情もあるだろうことは、想像に難《かた》くない。

特待生は特別な立場なのだ、とはストラ教授も言っていた。

しかし、そんな事情をフィーアに直接聞くわけにはいかない。

彼女は大丈夫なのだと言った。

俺を安心させるために、諸々《もろもろ》の事情を隠したうえで。

その事情は汲《く》まなくてはならないだろう。

「いやー、ほんとよかったよかった」

「……そうだな？」

……ほんとにこっちを気遣って、色々と伏せてくれてるんだよな⁉

まぁ、信じよう。

「んじゃあ、俺は行くよ。またクラスでな」

「はーいってちょいちょいちょーい！　なんで⁉」

ぐいっとフィーアが俺の袖を摑む。

その状態で、寂しそうにこっちを見上げてきた。

「い、いや、なんでって」

その様子に、思わず後ろ髪を引かれるものの。

話は済んだじゃないか。

人の来ない場所だが、男女があまりこういうところで二人きりというのは不味《まず》いだろう。

というか、人の来ない場所だからこそ、だ。

「朝会《あさかい》までは時間あるよ⁉　何もそんな急いでクラスに向かわなくてもいいじゃん！」

「……まぁ、そりゃあ朝会直前まで、ぶらぶらと時間を潰すつもりではあったが」

「でしょ⁉　だったらここで、少しくらいお話しようよ！」

ぐいぐいぐいぐい！　すごい勢いで袖が引っ張られる！

謎に積極的なフィーアである。

普段はここまで、こっちを引き留めようとはしなかったんだが。

……何か理由でもあるのか？　少し考えて、ふと思い至る。

「……そうか。今日はフィーアに時間があるのか」

「────‼」

ぱぁ、とフィーアの顔が明るくなる。どうやら正解だったようだ。

普段、フィーアは登校が遅い。遅刻するかしないかギリギリなほどに。

王女としてのあれやこれやがあるんだろう。だが、今日はそうではない。

俺への説明という、それより大事な用があったから。

なるほど、それは。

「……わかったよ、朝会には間に合うようにするからな？」

「うん‼」

流石《さすが》に、フィーアの望みを聞かないわけにはいかないだろう。

「というわけで、座ってお話ししよ？　椅子ならそっちにいっぱいあるから」

「……いや、朝会までそんな時間ないし、別にいいんじゃ……」

「えー」

……座るか。

むくれるフィーアに、逆らえる俺はいない。

まぁ、そもそもフィーアにむくれられる経験自体が稀有《けう》なものだと思うが。

資料室は倉庫でもあるようで、部屋の隅に使われていない椅子が積まれている。

それを二つ並べて、適当に話でもしようということになったわけだが。

「……なぜ横に並べて？」

「向かい合ったほうがよかった？」

「い、いや、別に……」

ただ、近くね？　と思っただけだ。

そう、……そう思っているだけだ。

……うん、気恥ずかしいというのは多分にあるけれど。

具体的には、ほぼ椅子同士がピッタリくっついている。

椅子自体がそれなりに大きいから、身体《からだ》まで寄せ合うようなことはないが。

「いいじゃん、いつもこうしてるわけだし」

そう言いながらも、ちらちらとこっちを見ている気がする。

フィーアも、少しだけ気恥ずかしさを感じているのだろうか。

「こんなには近くなかったかな……」

クラスではそうだが、そもそもクラスで隣にいることのほうが少ないだろ、俺たち。

あの面倒くさい空間で、呑気《のんき》に座っている度胸など俺にはない。

朝会が終わればさっさとクラスを後にするし、それはフィーアもそこまで変わらない。

「んふふ」

「ご機嫌だなぁ」

「ご機嫌なのです、んふー」

ご機嫌度マックスなフィーア。

パタパタと、脚を揺らしながら笑みを浮かべている。

なんというか、正直ここまでご機嫌なフィーアを、俺は初めて見た。

昨日昼食に誘われたことからわかるが、フィーアは明らかに俺に対して気を許している。

そりゃあ自分の抱えている秘密を共有する相手なわけだし、正体がバレた時の様子からして、俺のことは少なくとも友人として大切に想ってくれているとはわかるが。

それにしたって、それにしたってである。

正直、見ているこっちは色々とドギマギしてしまう。

ただでさえフィーアの正体を知ってしまい、距離感が摑《つか》みきれていないというのに。

叶《かな》うことなら、敬語でフィーアと話をしたいくらいだ。

もともと、学園内では建前上生徒は全員平等とされてはいるものの。

実際問題、実家の格ってのは学園でのヒエラルキーに大きく関わってくるわけで。

その点、平民の俺と〝実は〟王族のフィーアでは、生きる世界が違うというもの。

敬語は使うべきではないという校風から、今も使っていないだけというのが実情だ。

とはいえ、そもそもそういう身分の差を抜きにしても。

フィーア相手に敬語を使ったら、それはもう怒髪天を衝《つ》くような反応をされるのは想像に難くない。

「なぁ、フィーア」

「んー？　なーに？」

とりあえず今は、コレまで通りの俺とフィーアとして、雑談に興じることとしよう。

「せっかくだし、聞いてみようと思ったんだが」

「うん、何でも聞いて？」

……何でも、か。

いや、言葉通りの意味ではないと理解《わか》ってはいるのだが。

「フィーアは普段、クラスに来るまでの間何をしてるんだ？」

「えーっと？」

「いつも遅刻ギリギリで入ってくるだろ。……王女として、色々仕事をしてるからだと思ったんだが」

「んー、それもあるけど」

どうやら、それだけではないらしい。

むしろ、そういう王女としての公務はそこまでフィーアがこなすことはないそうだ。

そりゃそうだ。

正体を隠して学園に通っているのもそうだが、ステラフィア・マギパステルは庶子。

彼女の前でそれを口にする輩《やから》はそうそういないだろうが、実際の扱いはそれなりに他の王女とは違うものになる。

「普段は、学園のお手伝いをしてるんだ」

「お手伝い？」

「うん、掃除とか……後は講義の準備とかかな？」

「そりゃ……なんだってそんなことを？」

フィーアは善良な少女だ。

そういう善行を、率先してこなすタイプかと言われれば、そりゃあ是《ぜ》だろう。

誰にとっても優しい少女、それが今まで俺がフィーアに感じていた印象なのだから。

その上でどうして、彼女が学園の雑務ばかり引き受けているのか。

「簡単だよ、それが一番安全に社会経験を積めるから」

「……ああ」

納得した。

たとえばコレが、学生の雑務ばかりを引き受けていたら、体《てい》よく使われてしまうだろう。

だが、学園の雑務を手伝うのは、相手が教師な分体のよい使われ方はしないはず。

「教師はフィーアの正体を知ってるのか？」

「知ってる人もいる……かな。まぁ、よっぽど実家が大きいところの人じゃないと教えたらダメだけど」

正体を隠すのに、王家の秘密とも言うべき魔術を使っているからな。

よっぽど信頼できる相手じゃなければ、正体を明かすことはないわけだ。

……俺が不問にされているのは、やっぱり事情として重いなぁ。

「ストラ教授なんかは知ってるんじゃないか？」

「えー？　知らないと思うけど。そもそもストラなんて家、私も家名くらいしか聞いたことないし」

「でも、あの人のことだからなぁ……」

というか、あの人に関してはなにか引っかかるものがある。

ただ、どれだけ考えてもピンとこないから、今は放置するしかないが。

なーんかこう、認識を書き換えられているような……ん？　何の話だ？

「まぁ、いいか。しかしそうなると、秘密を守るってのも大変だな」

「んー、そこまで重大に考えなくてもいいと思うよ？　認識をごまかす魔術は、それだけ強力だもの」

「……普段は、いつも通りに過ごすしかない、か」

気にしてもしょうがない。

とてもそう割り切れるものではないが、結論としてはそう言う他にないのだった。

「そういえば、フィーアってステラフィア王女の時とは髪の色だけじゃなくて、長さまで違うよな」

「うん、それも魔術で一時的に短くしてる感じだね」

学園に通う時のフィーアは、茶髪のセミロング。

対してステラフィア王女は、腰まである金髪のロングだ。

どちらもフィーアの可愛《かわい》らしい顔立ちにはとても似合っているが、やはり印象は全然違う。

レジストによってフィーアの認識阻害を受け付けていないはずの俺も、直接顔を合わせるまではまったく気が付かなかったくらい、二人は別人だ。

多分、認識阻害がなくても基本的には、フィーアの変装はバレることがないと思う。

「っていうか、ハイムくん」

「どうした？」

「私の王女様モードに対する言及が、昨日はありませんでした。私はとても悲しいです」

むん、と腕組みをして不満を顕《あらわ》にするフィーア。

「いや、それどころじゃなかっただろ……」

むしろあの状況で、ステラフィア王女の容姿を褒められるやつがいたら何者だよ。

いや、確かに最初は見惚《みと》れたけどさ……俺が正体を指摘した後は、概《おおむ》ねいつものフィーアだったから、ステラフィア王女と結びつかなかった。

「だったら、今日なら存分に感想を述べることができるよね？」

「え？　いや、まぁ……そうなるのか？」

存分に……と言うが、そろそろ朝会《あさかい》始まらないか？

……なんて言っても、フィーアが止まる気がないのはその顔に浮かんだいたずらっぽい笑みでわかる。

「せっかくだし、眼《め》の前で変身しちゃうよっ！」

パッと立ち上がり、一回転。

ビシッと決めポーズを取ってから、フィーアは小声で数句《かぞえく》の詠唱を始める。

魔力が足元から溢《あふ》れ、身体全体を包む。

最後に髪が光を帯びると、美しい金髪に変化し――揺れるようにしながら伸びた。

かつてマジックフォトで見た、この国の至宝がそこにいた。

「改めまして、魔導王国マギパステルが第三王女――ステラフィア・マギパステルと申します。賢者ハイム、こうして貴方《あなた》に出会えた幸運に、今は感謝を」

すらすらと述べられる、王女としての言葉。

俺は自分が思わず立ち上がっているのに、そこで気がついた。

胸に手を当て、この国では一般的な立ったままの臣下の礼をとる。

昨日ここで、ばったり出くわしてしまった時は、すぐに素の彼女の反応を見てしまっていたからこうはならなかったが。

なんともはや。

──コレが、王女ステラフィア。

国民に絶大な人気を誇る、美貌の姫の姿なのだ。そんな彼女が、

「……もう、ハイムくんったら、真面目すぎだよ」

おかしそうに笑みを浮かべるのは、家族を除けば……多分、今は俺だけなんだろうなと、そう思った。

「そんな真剣な顔をしないで、ハイムくん。私はフィーアだから、普通にしてくれて大丈夫だよ」

「あ、ああ……今、この場所では……だよな？」

「わかってるって、ハイムくんは心配性だなぁ」

ステラフィア王女──フィーアは、いつも通りに笑っている。

俺が、如何《いか》にもな臣下の礼をとったことが、あまりにも面白かったのだろう。

正直、俺自身もここまでさっと出てくるとは思わなかったので、自分でも驚いている。

「でもどう？　やっぱりお姫様っぽいでしょ、今の私」

くるくると、飛び跳ねるようにしながら回ってみせるフィーア。

長い金髪がなびいて、確かにそれは美しい光景だが――

「いや……そうしてると完全にいつものフィーアだな」

「もー！　ちょっとくらい褒めてよ！」

――俺の返答に対する反応すら、完全にいつも通りだった。

と、その時である。くるくると回っていたフィーアが、

「あっ」

「えっ？」

――足を、資料室の戸棚に引っ掛けたのだ。

途端、収まっていた書物がバサバサとフィーアめがけて落ちてくる。

突然のことに、硬直するフィーア。

俺の身体《からだ》は――それを見た瞬間、半ば反射的に動いていた。

「あぶないっ！」

「え、ひゃっ！」

フィーアを引っ張って、抱き寄せる。

無理な体勢だったものだから、そのまま二人とも床に倒れ込み――何とか書物の雪崩《なだれ》の

直撃は回避できたものの。

「……えっと」

「あー……」

俺は、フィーアを押し倒す形になってしまった。

もちろん、不埒《ふらち》なところに手が乗っていたりはしない。

俺が押し倒す形になってしまったものの、ギリギリ踏ん張ってフィーアに痛みがあるような倒れ方はしていない。

ただ、俺の身体はフィーアの上にあるし、俺の手はフィーアの顔のすぐ側《そば》にある。

「…………」

「…………」

まずい。顔が近い。

至宝と言われるステラフィア王女の――いつも通りのフィーアの顔があまりにも近い。

顔を真っ赤にして、視線はあっちこっちを行ったり来たり。

それに関しては正直俺も同じだろとは思うものの。

相手を直接見下ろしている俺は、フィーアの顔にばかり視線が向いてしまう。

「え、っと」

「…………わ、わるい」

幸いだったのは。突然の出来事で、ムードなんてあったものじゃないこと。

凄《すさ》まじくお互いに恥ずかしいが、恥ずかしいだけで済んでいる。

あくまで、今は。

——ここで、選択を間違えたら、俺たちはとんでもないことをしてしまうかもしれない。

お互いに、その認識は間違いなくあった。

どちらから……とか、どうやって……とか。

そういうことは、何一つ頭の中には思い浮かばなかったものの。

次に、何をするかによって、俺たちは、過《あやま》ちを犯してしまうかもしれないと。

そう、この瞬間互いに思ったのだ。

そして、結局。

——朝会の開始を告げるチャイムが、二人を現実に引き戻したのだった。

なお、崩れた書物は放課後に二人でなんとか片付けた。

2　変化

結局、俺たちは少し朝会に遅刻したものの、特にお咎《とが》めはなかった。

フィーアは言うまでもなく普段から朝会に遅れがちだし、俺も朝会にはギリギリの時間で来るものだから、教師はたまたまだと判断しただろう。

クラスメイトの反応も普段と何も変わらない。

俺とフィーアが一緒に教室へ入ってきたならともかく、多少は時間もずらしたしな。

まあ、普段となんら変わりないということは、俺に突っかかってくるやつがいるということなのだが。

「いいご身分だな？　平民」

皮肉のつもりか、わざわざおこぼれではなく、平民呼びをしてくるグオリエ。

わざわざ俺に声をかけてくるあたり、こいつも暇なんじゃないかと思わなくもない。

とはいえ、基本的にグオリエの相手は沈黙が一番だ。

何か言っても言わなくても逆上してくるなら、変に自分に落ち度を作らないほうがいい。

「そこに座る権利を与えられていながら、その権利すら行使できないとは。これだから平民は愚かで困る」

相変わらず、お題目だけは立派な男だ。

軍閥のそれなりに重鎮であるバファルスキ家の次男坊。

見た目にそぐわず力だけは誰にも負けず、魔術師としても平均より少し上の練度を誇る。

だが、性格は短絡的。しかも他人の厚意を何から何まで悪く受け取る悪癖持ち。

まぁ、有り体《あ　てい》に言って性格は悪かった。

「平民貴様、俺の忠言を理解できないのか？」

……まずいな、虫の居所が悪そうだ。

別に、いつもならそのまま無視してもいいのだが、今日はそうもいかない。

具体的に言うと、隣の席のお姫様が爆発寸前だ。

「…………」

むすっとした表情で、俺たちではなく、自身が席についている机を見下ろしていた。

視線の高いグオリエからは目に入らないだろう。

普段だって、不満を我慢しているというのに、今日俺が遅刻した原因にはフィーア自身が関わっているとなれば、こうなるのも無理はあるまい。

だが、今のところグオリエが言っていることは尤《もっと》もで、否定できるものではない。

俺が沈黙を保っているのに、同じように遅刻してきた自分が擁護することは不可能だ。

とすれば、俺はこの場をなんとかやり過ごさなくてはならない。

理由は色々とあるが、俺の環境は昨日までとは一変した。

フィーアの存在を、今の俺は無視できない立場にあるのだ。心情的にも。

であれば、ここで取るべき行動は、

「……大変申し訳ない。俺の不徳の致すところだ。反省し、改善する」

謝罪だ。ごくごく自然な、なんてことのない謝罪である。

「貴様……！」

グオリエが、いよいよもって爆発しようとしている。

このまま、いつものように胸ぐらを掴《つか》まれるのは時間の問題だ。

……が、

「ごめんなさい、私も朝会に遅れちゃって」

「……な、違う。これはあくまで平民への教育の……！」

フィーアが同じように謝罪したことで、状況は変わった。

グオリエはフィーアに謝罪させるつもりはないのだ。

それに、あくまで今回は俺の遅刻を責めるために絡《から》んできたのだ。

俺が謝罪をしたのに俺を攻撃するというのはグオリエから正当性を奪うことになる。

「チッ……気をつけることだな」

俺一人ならともかく、フィーアを攻撃する意思がないなら。

グオリエはそこで引き下がる他なかった。

……正直、俺だってグオリエには耐えかねるところがある。

だが、こちらから手を出しても仕方がないし、向こうを付け上がらせるだけだ。

正面から鼻《はな》っ面《つら》を叩《たた》き潰せば、やつのそのプライドを粉々にできるだろうが、代償として俺は槍玉《やりだま》に挙げられるだろう。

特待生が特別な立場でいられるのは、特待生としての責任を果たしているからだ。

特に今の俺は、フィーアの秘密を知ったことで、俺だけの立場ではなくなっている。

持って回った言い方だが、要するに俺はフィーアを困らせたくない。

何より、見てしまったのだ。

グオリエが俺たちから離れて行ったあと、フィーアの目尻にうっすらとだが涙が浮かんでいたのを。

□

昼を一緒に食べるというのは、そのあとどちらからともなく言い出したことだ。

クラスの連中が周囲にいないことを確認してから学食の席につく。

「……ちょっと泣きそうになってたの、気付いてたよね」

「……まぁ、目に入ったからな」

「いいの、我慢できない私が悪いんだから」

自嘲するようにフィーアは俯《うつむ》いた。

このままだと、また泣き出してしまうかもしれない。

「……情けないんだ、自分が。ハイムくんとのことで、ハイムくんを困らせることだけはしないようにしてたのに」

「困るなんて、そんな」

むしろフィーアが謝罪してくれたおかげで、グオリエをスムーズに撃退できた。

やつをあそこまですんなり追い返せることは稀《まれ》だ。

それを考えれば、ありがたいくらいだというのに。

「ハイムくんを守るようにって、言われたんだもん」

「……！」

誰が、とは場所が場所だから言わなかったが、察することは簡単だ。

陛下がフィーアにこれからも俺との関係を続けたいなら、俺の立場を守るように言った。

それを思い返しているのだろう。

ならば、フィーアの反応もわかるというもの。

「それなのに私、浮かれて何してるんだろうなあ……って」

「フィーア……」

人だ側にいるのもあって、フィーアは涙を堪《こら》えながらも自分を責めている。

それは、正しくないことだ。

少なくとも俺は、フィーアの正しくない自責は見たくない。

「……そうだよな、見たくないよな」

「ハイムくん……？」

小さく漏らした言葉が、聞こえてしまったらしい。

なんでもないと首を横に振る。

そうだ、フィーアが俺を守ると言ったように、俺もフィーアの涙は見たくない。

昨日までなら、そもそもそんなこと起こりすらしない関係だったのに。

俺たちの関係は変化しているんだ。

すでに、もう後戻りはできない状況で。

俺はそれを、きちんと認識しないといけない。

多分、一番の変化は、フィーアの態度だ。

これまで、フィーアはあくまで隣の席に座る学友だった。

言葉を交わすのは朝の挨拶と、月に一度の考古魔導学の時だけ。

考古魔導学は基本的に昼休憩の前にあるから、何かと理由をつけて昼食に誘われることはあったものの、その程度だ。

それが今では、講義間の移動は基本的に二人でするようになっている。

といっても、流石《さすが》に同じ講義を受ける場合だけだし、必修講義の際は分かれて移動することになるけど。

「ふふー、ハイムくんと一緒の講義だ。人のいる場所で隣に座るのって、新鮮ー」

「まぁ……これまでは、隣同士に座るなんてクラス以外では考古魔導学でもないとなかったしな」

俺とフィーアの選択講義は、結構被《かぶ》っているものが多い。

俺は貴族向けの経済学や礼儀作法の講義を受ける理由がないし、フィーアはそういったものは家のほうで習うらしい。

だから、自然と選択講義で受けるのは、魔術関係の座学に偏っていた。

「今まではハイムくんが私と一緒に座ってくれなかったから……」

「そこは接点がないんだから、しょうがないだろ」

「クラスが同じで、隣同士の席……じゃダメなの？」

ダメということもないが……流石に男女間でそれを理由にするのは攻めすぎじゃないか？

そう考えると、今回にしたって選択講義で男女隣同士に座るのは何ともお熱い話なんだろうが……

まぁ、学生同士の恋愛ってのも、珍しくはない。

貴族が多く集まる場所とはいえ、恋愛はこの年代には欠かせないファクター。

お見合い会場としての側面もあるだろうしな。

ここで良縁を見つけられれば、という学生も多かろう。

その点、〝フィーア・カラット〟は貴族の女子として注目を集める立場にはない。

家の格はかなり低いし、知名度もないからな。

グオリエのように、フィーア個人を自分のものにしたいと思わない限り、彼女に唾を付ける貴族はいないだろう。

……まぁ、そのほうが相手貴族にとっては幸運なのだろうが。

だから、こうして男女二人で席に座っても、そこまで注目を集めることはない。

この選択講義を受けてるのは、クラス内では俺とフィーアの二人だけなので、クラスの連中に見つかる心配もない。

「講義が俄然《がぜん》楽しみになってきたよー」

「っていっても、講義中に話をするわけでもないし、変わらないだろ基本的には」

「講義に臨む姿勢が全然違うしっ！　モチベーションって大事だよ？」

にひひ、と人懐《ひとなつ》っこい笑みをフィーアは浮かべる。

「まぁ、そこは同意する」

だからこそ、なおさら感じる。

フィーアの態度の変化。

俺に対する遠慮というか、壁のようなものがなくなった感覚。

なくなったうえで思うのだが――フィーアは男を勘違いさせやすい。

その原因は、この〝壁〟にあるな、ということだ。

3　勘違い

フィーアは基本的に他人との距離感が近い。

今は流石に席をくっつけるのは人目を引いてしまうから、と席ひとつ分離して俺たちは座っている。

だというのに、なんというか、近い。雰囲気が近いのだ。

「……？　どうしたの？　ハイムくん」

「いや、なんでもないよ。悪いな」

原因は、アレだ。

こちらが視線を向けると、必ず向こうと視線が合う。

常にこっちを見ているわけではないのに、いつだってこちらに意識を向けている。

だから、こちらの視線に向こうが自然と釣られるんだろう。

そして、フィーアは視線を基本逸《そ》らさない。

人と話す時は大体こっちを見ているし、覗《のぞ》き込んでいるようにすら思える。

だというのに、本人は相手に遠慮して、踏み込みすぎないよう壁を作っている。

いや、作っていると思い込んでいる。

相手にとってはそんな壁、あってないようなものなのに。

だからフィーアは隙が多く感じられるし、男ってやつはそういう部分を勘違いしやすい。

なんというかこれは……劇物だな。

「しかし、今のフィーアはとても楽しそうに見えるな」

位置的に俺からしか見えないが、足をパタパタさせて実に楽しそうだ。

これが見えてしまうのも、勘違いを加速させる原因というかなんというか。

「んー？　楽しいよ？　でも、別にそんな普段と違うつもりはないんだけど」

「ああ、うん、そうだと思った」

俺からすれば、全然違うのだが本人には自覚がないようだ。

そりゃあ、誰だって勘違いするよな。

いつだってフィーアは視線を他人から逸らさなくて、そして楽しそうだ。

壁が取り払われた今の俺には、それが彼女の本心であるとわかる。

だが、壁があるとその本心が読めないのだ。

フィーアはいつだって楽しそうだ。

だっていうのに、その本心を摑《つか》みかねるせいで、どうして楽しいかが読み切れない。

本人は「楽しいから楽しい」と感じているだけだというのに。

受け取る側は「自分といるから楽しい」んじゃないかと受け取ってしまうのだ。

本人なりに作っているつもりの壁が、逆に受け取る側を勘違いさせてしまっている。

なんて魔性の女なのだろう。

クラスの男子は全員、フィーアが自分に気があるんじゃないかと思っているに違いない。

俺だってそうだ、これまではフィーアが俺を勘違いさせていると思っていた。

でも、そう考えると。

俺は今までフィーアを、男を勘違いさせやすい体質だと思っていた。

実際それは間違っていないし、だからこそ俺はフィーアのことを勘違いしないように自分を律していたわけだが。

——今のフィーアは、そもそも勘違いなんて起きようがないくらい俺といて楽しいんじゃないか?

ふと、そんな考えが湧いて出てしまう。

だって、そうでなけりゃ説明のつかないことが多すぎる。

資料室でのこと、昼食時の会話、そしてなにより共に講義を受けるようになったこと。

遠慮という壁が取り払われ、彼女が素直に行動するようになり、この変化は起きた。

じゃあ、つまるところ。

フィーアは、俺が――

「……？　えへへ」

「っ！」

また、視線が合った。

笑みを浮かべて、フィーアはとても幸せそうだ。

この態度が、いつも通りなのか、俺だけに向けられたものなのか。

どっちだ――⁉　とか考えているうちに、講義が始まってしまった。

フィーアに真意を問いただそうにも、講義中に私語は厳禁。

もちろん、そういうルールを破ることだって青春の1ページかもしれないが。

青春の1ページにするには、聞きたい内容がデカすぎるだろ！

変なことを考えたまま講義に突入したせいで、まったくもって話が頭に入ってこない。

そもそも今回受けている講義は『魔術基礎A』という、一言で言えば基礎の基礎みたいな内容だ。

改めて復習のため、そして単位を取るためにこの講義を取っただけなので、内容はもともと頭には入っているものの。

今、この瞬間に入ってくる内容をうまく整理することができない。

聞こえてはいる、いるのだ。

理解もできるし、教授から指名されれば今説明されている内容に関する質問にだって答えられるだろう。

だが、意識のほぼすべては隣にいるフィーアへ向けられている。

フィーアはといえば、真剣にノートを取って、講義に集中しているようだ。

それでいて俺が視線を向ければ、向こうもちらりと視線を向ける。

今、俺がフィーアと講義で意識を9：1にしているとしたら。

フィーアはその逆で、俺と講義で意識を1：9にしているんだろう。

そういう雰囲気が感じ取れた。

ああもう、なんでこんなに動揺しなければならないんだ？

フィーアはいつも通りにしている。

昨日自分の重大な秘密が俺にバレた後だというのに。

こうしていつも通りの日常を送っているのだ。

だというのに、俺は何だ。
正体がバレた負担は圧倒的にフィーアのほうが大きいはずだろ？
だったら俺こそ、自然体でいなきゃダメじゃないか。
しかし、フィーアはここに来るまで、様々な話を俺としてきた。
そのどれもが、普段以上に楽しそうで、もしくは普段以上にこちらを意識したもので。
なんというか。
勘違いしてしまう。
これまで、ずっと勘違いしないようにしてきたというのに。
フィーアが素直すぎる子犬のような少女だと、すでにわかっているはずなのに。
理解《わか》っているほうが勘違いを加速させてしまうのだ。
なんて、考えていたら。

「――ねぇねぇ、ハイムくん」

⁉

こそこそと、フィーアが声をかけてきた。周りには聞こえない程度の声。

これはアレだ、青春の1ページをやりたいんだろう。

敢《あ》えてルールを破りたい年頃の少年少女がやりがちな、アレだ。

それでいいのか王女様。

いや、そうじゃない。なんとか、冷静に問い返そうとした。

講義に関する質問なら、答えないわけにはいかない。

仮にも、俺は特待生なのだから。

だが――

「な、なんだ?」

「楽しいね、こうやって講義受けるの」

――それは、こう。

ダメだろ。無理だろ。

いたずらっぽい笑みを浮かべるフィーアに、俺は色々な感情がぐちゃぐちゃになってしまう。

だから俺から返せる言葉は一つだけ。

「……ああ、俺も楽しいよ。フィーア」

「――」

もう、そこからは講義に集中するしかないのに、できない。

そんな沈黙がひたすらに続いた。

□

色々と俺にとって天国のような地獄のような、何とも言えない講義を終えて。

今日の講義は無事にすべて終了した。

そうなると、俺は暇になるので基本的に図書館へ籠もることとなる。

魔術とは研鑽《けんさん》がそのままダイレクトに実力に変わる学問。

手が空いているなら、可能な限り俺は魔術を学ぶことに人生を費やしたいのだ。

そう考えると、フィーアとのあれこれは俺にとってかなりイレギュラーな時間である。

もともと学園に通うこと自体、学園の膨大な量の資料や、魔術師としての先達《せんだつ》たる教師陣の存在を加味して、ギリギリプラスになるくらいという。

魔術を学ぶうえで、魔術に関係する時間以外は俺にとってイレギュラーなのだが。

「い、いやぁ。なんだか新鮮だったね、人前でハイムくんと一緒に講義を受けるって」

何やら色々と気を取り直したといった様子で、フィーアが言う。

「あ、ああ……そうだな」

そんなフィーアと話をしていると、学園に通うことへのプラスマイナスみたいな考えも吹っ飛んでしまう。

「ハイムくんは、この後どうするの？」

「図書館で、資料漁《あさ》りだな。昨日途中まで読んだ資料を、今日中に読み切りたい」

「……それ、私の正体を知った後に、図書館に行ったの？」

「行ったが？」

そりゃそうだろ。

――ハイムくんの心臓どうなってるの……？　私、あの後お父様に相談するまで、他のこと全然手がつかなかったのに」

「そうはいっても、俺にできることなんてなにもなかったしな……だったら、いつも通りの生活を送らないと」

「わぁ、魔術の虫だぁ」

感心した様子のフィーアである。

しかし、なんというか。そこに嫌味のようなものは一切ない。

本気で俺の行動を凄《すご》いと思っているのが伝わってくる。

……珍しい反応をされたな、少し意外だった。

「そういうフィーアは、普段どうしてるんだ？」

「放課後？　日によって違うかな。えーっと」

周囲に視線を向ける。

今俺たちがいるのは、学園の一角。

資料室ではないから、必ずしも安全というわけではないが、人気《ひとけ》はない。

「お仕事があるから、それが七割、そうじゃない時は学園で色々とお手伝いさせてもらってるかな」

お仕事——つまり公務や王女としての教育だ。

流石《さすが》に、お姫様は毎日忙しいのだろう。

「今日はお仕事だよ。時間に余裕はあるから、もうちょっとお話できるけど」

「んー、そうだな」

俺も、図書館の閉館時間まではまだ余裕がある。

だから、何かしら他愛のない話をしていてもいいのだが——

「そうだ、フィーア」

「何かな？」

「俺も、フィーアがやってる学園の手伝いに参加させてくれないか？」

――だったら、その手伝いを俺も手伝って。
そこで話せばいいじゃないか。と、そう思ったうえでの提案。
今日は無理だそうだが、明日以降。
こっちの都合はいつだってつけられるし、ちょうどいいと思った。
の、だが。

「うぇっ⁉」

フィーアは凄い声を出して飛び上がってしまった。
初めて聞いたぞ、フィーアのこんな声。
本気で驚くと、正体がバレた時みたいになるのだろうが。
日常的に驚くと、こんな驚き方をするのだな、と少し新鮮だった。
なお、手伝いをする許可は取れたことを付記しておく。

□

私、フィーアは急いでいた。

ハイムくんとは、明日朝から学園の手伝いをすると約束して別れ、今は王城に戻っているところ。

というか、すでに王城には戻ってきている。

変装を行うための小部屋が王城にはあり、まず最初にそこへ入って変装を解く。

かくして私、フィーア・カラットはステラフィア・マギパステルに戻った。

そのうえで、今は自分の部屋へ向かっているのだ。

何故《なぜ》なら――

「う、うううううっ、うううううううっ！」

今の自分の赤くなった顔を、親しい者には絶対に見せられないからである。

ガッ！　と扉を勢いよく開けて中に飛び込む。

ダンッ！　と扉を閉じ直し、私はその場に崩れ落ちた。

学生服から、王女らしいドレスに戻っているというのに、それを忘れて。

「あああああっ！　ハイムくんはどうしてそんなに私を勘違いさせるのっ！」

絶叫が、部屋の中に響き渡る。

周囲に誰もいないことは確認済み。

だから何なら部屋の外で叫んでも構わないわけだが、今は自室で感情を吐露することを優先していた。

「朝からずっと、ハイムくんは私のことを気遣って！　なんなの⁉　そんなに私のこと惚《ほ》れさせたいの⁉　もう好感度これ以上上がらないよ⁉」

実を言うと、私ってば今日は一日中ドキドキしっぱなしだったのだ。

ハイムくんに正体がバレて、そのことで色々とハイムくんが気を遣ってくれて。

そのたびになんというか、まぁ、その。

ドギマギしてました。

まぁ、一応王女様ですからね？　普段から体裁《ていさい》は整えておりますゆえ。

ある程度は、隠せていたと思います。

はい。

でも――隣同士で講義を受けている辺りからは限界だった。

というか、あそこでハイムくんが私の言葉に俺も楽しいって返したことでいろんなものが決壊したんだよね！

結局あの後、講義中ハイムくんとなんにもおしゃべりできなかったし！

いや、それが正しい学生のあり方なんだけど！

そして、そして、なんとか気を取り直そうと思ったところに、トドメをズドンだ！

「特に最後、私のお手伝いとか無理無理無理無理ーっ！　あんなの冷静じゃいられなくなっちゃうって！」

我慢しようとした、私の努力はすべて無駄になってしまったかもしれない。

ハイムくんには、私の正体のことで迷惑をかけた。

さらにそこへ、自分の感情をぶつけては。

ハイムくんもそれを処理できないだろうと、そう考えたのだ。

でも……

「でも、ハイムくんはいつもどおりだったな」

膝を抱えて、恥ずかしさでどうにかなってしまいそうな顔を隠しながら。

私は別れ際《ぎわ》の話を思い出す。

なんと驚くべきことに、ハイムくんは私の正体を知ってもなお、日常のサイクルを崩さなかったという。

あの状況で、何事もなく魔術の資料漁りに行ける胆力。見習いたい。

「……もう少し、積極的に振る舞ってもいいのかな」

誰かを好きになるなんて、初めてのことで。

相手の好意とか、自分の好意とか。

わからないことだらけで、そのうえ私の立場がそれを更にややこしくする。

ハイムくんは、私のことをどう思ってるのかな。

お父様の言う通り、少しくらい私のことを好きでいてくれたらいいな。

なんて……私はそんなことを考えるのだった。

4　二人で

翌日、普段より少し早く起きた俺は、日課を済ませると水魔術でシャワーを浴びてから学園に向かった。

俺が普段暮らしているのは寮で、学園にはすぐ到着できる。

だからだろうか、フィーアは俺が到着してから少し後にやってきた。

「おまたせー、遅れちゃってごめんね？」

言いながら、フィーアが俺のもとに駆け寄ってくる。

楽しげに揺れる彼女の尻尾を幻視した気がした。

「いや、ちょうどいいくらいだろ」

多分、出た時間は同じくらいじゃないだろうか。

王城から学園まではそれなりに距離もある。

どうでもいいけど、王女が一人で町中を歩いても問題にならない認識阻害魔術は凄いな。

「今日は何をするんだ？」

「んふふ、ついてからのお楽しみー」

機嫌よく進むフィーアの後ろを追いかける。何とも楽しそうじゃないか。

「この時間は静かだな」

「でしょー？　私、結構好きなんだ。この時間」

そう言いながら、こちらを覗《のぞ》き込んでくるフィーアと人気のない校内を歩く。

朝会《あさかい》までは、まだ二時間くらい時間に余裕がある。

この時間に来るのは、朝練に来ているクラブ所属の学生か、生徒会の連中か。

もしくは俺たちのような例外だけだ。

今いる場所は、そういったクラブの学生が来るような場所ではない。

生徒会の人間はそもそも数が少ないから出くわすこともない。

「というわけで、つきました」

じゃん、とついた場所を紹介するフィーア。

謎に自慢げだ。

「えーっとこれは……魔術用の的の残骸か」

やがて校舎を出て、外の一角にたどり着く。

そこには魔術用の的がぼろぼろになって積み重なっていた。

「そ、魔術用の的って最低限、魔術的な防御加工がされてるんだけど、何度も魔術を当てててると壊れちゃうからね」

「最低限って言っても、本当に最低限だけどな……たしか、学生向けに、魔術用の的を作るバイトがあった気がする」

「バイトかー、いいなぁ」

流石にバイトは学外での活動になるから、許可が下りないんだろう。

曰《いわ》く、フィーアが自由に行動できるのは、基本的に学園内だけだそうだ。

例外は、それこそ登下校のために学園と王城を行き来する道くらいじゃないか？

多分、その通学路くらいなら問題が起きてもすぐに対応できるようになってるんだろう。

「というわけで、今日はこれを片付けるよ」

腕まくりをしてフィーアは息巻く。

ふんす、という音が聞こえてくるかのようだ。

「日によっては、壊れた的をあちこちから拾ってくる日もありそうだな」

「正解、一昨日《おととい》はそれやってたら、ちょっと遅れかけちゃったんだよね」

なるほどそれで、今日はこの残骸を片付けるわけだ。

「ゴミの処分場があっちにあるから、そこで片付けよ」

「処分場か、いいよなあそこ。処分方法が自前の魔術だから、ついでに修練にもなる」

「だよね。……の割には、ゴミの片付けに名乗り出る学生が少ないんだよなぁ」

「まぁ、ゴミって時点で処理したくないんだろ」

大半が貴族だからな。ゴミの処分なんて、どう考えても使用人の仕事だ。

ともあれ、俺は平民だし、フィーアは表向きは使用人もほとんどいないような家格の貴族。

ゴミの処分なんてどうってことはない。さっそく、作業に取り掛かった。

「これ、運ぶための荷車ね」

「ん？　そんなものあったのか」

早速、的を処分場まで運ぼうかと思って腕まくりをしたら、的の陰に置いてあった荷車をフィーアが持ってきた。

とはいえ、そもそも的のサイズがでかいから、載っても二つくらいがいいところだろう。

「大丈夫だよ、荷車はフィーアが使ってくれ」

「え？　でも……って」

言いながら俺は的の残骸に手を伸ばし。

それをひょいっと持ち上げた。

「ええ⁉　ハイムくん、そんなに力持ちだったの？」

「いや、身体強化魔術だよ。まぁ、毎朝にちょっとした運動くらいはしてるけどな」

運動を日課にしているのだ。

わざわざ朝にシャワーを浴びるのはそれが理由である。

なにせ、日中は講義と資料漁《あさ》りだ。

朝に、ちょっとくらい身体《からだ》を動かしておかないとな。

「使ったところ、全然見えなかったけど」

「ここに来る頃には、もう使ってあったんだよ。肉体労働になるだろうからな、先に使っておいた」

「えー、気付かなかった……」

ともあれ、これなら問題はなさそうだ。

フィーアが荷車に的を載せたのを見て、俺は処分場へ歩き出す。

処分場はすぐそこだから、ほとんど行き来に時間はかからない。

だったら処分場に置いておけばいいじゃないかと思うが、結構な量があって処分場に置いておくのには邪魔になるだろうな。

「処分方法はどうする？　やっぱり火魔術？」

「でもいいけどな、ちょっと試してみたいことがあって」

とはいえ、試すにしてもまずはこっちに残骸を全部持ってきてからだろう。

俺たちはテンポよく、残骸を処分場に持っていく。

「うーん、やっぱり二人だと早いねー」

「そもそも、一人でやる仕事じゃないだろこれ」

「まぁ、私がやりたくてやってることだから」

社会経験を目的としているのに、他人と関われないってどうなんだろうと思わなくもない。

けど、無闇に人と関わって、問題を起こしても王女であるフィーアとしては厄介だ。

ただでさえ、人を勘違いさせやすい体質なんだから。

「私もねぇ、もう少しクラブとかに参加して、人と関わりたいんだけど」

「やっぱり王女一人で、色々とさせるのは不安があるってことか」

「せめて、一緒に学園に通ってくれる侍従がいればよかったんだけど」

そういえばそうだな。

普通こういうのって、フィーアをサポートする誰かしらが隣に付いてるもんじゃないのか？

「私は妾《めかけ》の子だから、信頼できる侍従を用意できなかったんだよ。学園に通って私をサポートするってことは、王国の秘密を知るってことだから」

「あー……」

逆に言えば、妾の子だから一人で学園に通わせてもいいってことか。

そこら辺の事情は、平民である俺にはさっぱりわからない。

ともあれ、今は眼《め》の前のことだ。

残骸を運び出すのは、一時間もかからずに終わった。次に移るとしよう。

「よし、終わったな」

「はー、楽ちん楽ちん」

作業は話をしながら、適当に運んでいるだけで終わる。

楽な作業と言えばそうだが、フィーアのそれはかかった時間の短縮に関する感慨だろう。

「それで、これをどうやって処分するの？」

「土魔術を使う」

「え、土魔術？　火魔術じゃなくて？」

基本的に、ゴミを処理する時に使うのは火炎魔術だ。

それに特化した魔術も存在するくらい、当たり前のこと。

だから処分場には、火炎魔術を使うのに特化した杖《つえ》が、数本立てかけてある。

「面白い記述を読んだんだ。それを試してみたくて」

言いながら、俺は腰にさしてある杖を引き抜く。

魔術は、基本的に杖を使う。

杖の種類は様々で、手に持って使う小さいものから、身長くらい大きいものまである。

フィーアは確か、杖の機能がある腕輪をしていたはずだ。

杖といっても、魔術を使う補助機能を持った道具を総称して杖と呼ぶだけなんだよな。

「ハイムくんの杖って大きいよね」

「このサイズが、何かと便利なんだよ」

俺の杖は比較的大きい。

ちょっとした剣と同じくらいのサイズがある。

「んじゃ——土塊《つちくれ》よ、還《かえ》れ」

詠唱とともに魔術を使うと、残骸たちに変化が起きた。

木でできている残骸たちは枯れ果てて、最終的に塵《ちり》に変わった。

「わ、凄《すご》い。どうなってるの？」

「的は木でできてるだろ？　木は自然の一部だから、土塊に還せば肥料にできるんじゃないかって論文を読んだんだ」

「おー……って、え？　論文を読んだだけで？」

「論文では、概《おおむ》ね制御の仕方とかも仮説が立てられてたからな、後はそれを証明するだけでいい」

「普通は証明できないから、仮説なんじゃないかな……」

まぁ確かに、この世界の魔術に関する論文の魔術は、行使できるかどうかが仮説でしか説明されていない場合が多い。

だからこそ、実際にそれを使ってみるのが楽しいのだ。

「といっても、再現は大分感覚的なものだし、再現できない部分は既存の技術をアドリブで使ってるから、論文の理論どおりとは言えないけどな」

「より難しいことしてない⁉」

かもしれない。ともあれ、作業自体はこれでおしまいだ。

「と、とにかく！　燃やすと燃え尽きるのに結構時間かかるから、今回はあっという間だったよ！　ありがとね、ハイムくん！」

「そう言ってもらえると、俺も嬉《うれ》しいよ」

俺としては、とりあえず土塊に還すまでがうまく行けば満足だったわけだが。

「……ハイムくんって、何事よりも魔術が優先なんだね」

ふと、そんなことをフィーアが聞いてくる。その様子は、どこか嬉しそうだ。

「楽しいんだよ、魔術を使うのって」

新しい魔術を学ぶのも、日常的に魔術を使うのも、楽しくてたまらない。

何と言うか、普通じゃできないことをできるようにするという感覚が、俺は好きだ。

「…………」

「……どうしたんだ？　フィーア」

「え？　あ、ううん。なんでもないよ」

ふと、一瞬ぼーっとした様子だったフィーアに声を掛ける。

すぐにもとに戻ったが……何だったんだろうな？　今の空白は。

「……そういうとこだよ」

ぽつりと零《こぼ》したフィーアの言葉。

ぶっちゃけ聞き取りきれてない。

だが、聞かせるつもりのない言葉を聞こうとするのは野暮なので、俺はスルーした。

□

「そ、そうだ！　ハイムくんって朝食はどうしてるの？」

「自炊だが……今日は食べてきてないぞ」

朝が早かったからな。軽く運動して、汗を流したらもう時間だった。

というか、

「後、フィーアが料理を用意してくれるみたいだったしな」

「ば、バレてる――!?」

「いや、昨日朝食は何食べてるかって聞かれたからな……」

流石《さすが》に、それを問われたら朝食を期待するなってほうが無理だろ。

仮になかったとしても、そろそろ売店が開くから、そこで朝食を調達すればいいしな。

「うう、私のバカ……」

「というか、俺はフィーアが料理できるってのが意外だったんだが」

「むぅ、失礼な……女子だよ、私！」

「いや、女子の前に王族だろ」

その言葉に、フィーアがハッとなる。

……冗談だよな？

「お母さんに教わったの」

「ああ」

母親が平民ってことは、元は侍従かなんかだったんだろう。

厨房《ちゅうぼう》で働いてたなら、母親に料理を教わってもおかしくない。

まぁ、王城の事情なんて知らないから、適当な想像だけどな。

なんて思いながら、フィーアが取り出した料理を見て──

「というわけで、草原豚《グラスボア》のお肉を使って、色々作ったよ」

──なんか茶色くね？

いや、美味《おい》しそうなのはわかる。

肉料理なんて、俺にとっちゃ最高の贅沢《ぜいたく》だ。

だがしかし、茶色。

揚げ物が多いからだろう。

正直、想像と違っただけで中身はめちゃくちゃ美味しそうだ。

後、草原豚《グラスボア》の肉ってのが驚きだ。

草原豚《グラスボア》の肉は、この国では非常にポピュラーな肉だ。

庶民的とも言う。フィーアのような王女様が持ち出してくる料理としてはだいぶ特殊な部類に入ると思う。

「ふふふ、驚きって顔をしてるねー」

「そりゃそうだろ……いやでも、匂いは凄いな、本当に美味しそうだ」

「そこに保証するよ！　ささ、食べてみて！」

その違和感に関しては、フィーアも自覚があるのだろう。

というか、むしろその違和感で俺を驚かせたかったに違いない。

ニマニマとした笑顔は、実に楽しそうだった。

それはそれとして――パンで肉を挟んだカツサンドをいただく。

パン自体はかなりいいものを使っているようで、パンだけでも美味しくいただける食感と柔らかさ。

噛《か》めば噛むほど甘みが広がり、それとカツの相性が最高だ。

「焼き立て出来立てだな、これ……旨《うま》い」

その言葉に、先程までそわそわとこちらを見ていたフィーアは顔を輝かせて胸を張った。

自信はあったがそれでも緊張はするのだろう、目に見えて表情が明るくなったな。

「でしょ！」

へへん、と自分で胸を張っている感を口に出しつつ。

「つまみぐい……コホン、味見したから自分でも自信を持ってお出しできるよ？」

いや、別につまみぐいはしてもいいんじゃないのか？

結構量あるし、もともと二人で食べきる量だろ、これは。

……ここに持ってきた時点で、二人で食べきる量ってことか？

視線を向けると、フィーアは舌をペロッと出して顔を逸《そ》らす。

どうやら、意外にもフィーアは食いしん坊だったようだ。

……いや、結構学食の料理もいっぱい食べてるな。

いつも幸せそうに食べているから、よく覚えている。

ともあれ、フィーアは露骨に話題を逸らそうとしてきた。

「そういえば、ハイムくんって普段は何して暮らしてるの？」

「何って……学生だが」

「そうじゃなくってー、休日とか普段どうやって過ごしてるかってことだよ！」

つまり、学生として行動してる時以外のことか。

フィーアに関しては、やはり公務だの何だので忙しいのだろう。

学生として学園に通うことのほうが、むしろ休日のような感覚なのだとか。

「とりあえず、特待生だから学費は全額免除されてるんだよ」

「おー、流石。あのすっごくお高い学費を全部……全部⁉」

「まぁ……人によっては、一部免除だったりするそうだが」

成績と連動しているらしい。

これ、困るのが今年の成績なんだよな。

グオリエのせいで落とした単位と、通常の実習で落ちた評価が結構痛い。

もちろん、教師側もその辺りは考慮してくれているが、体裁《ていせい》を保つためにも試験では可能な限りいい成績でないと、特待生としての評価が落ちる。

まぁ、一年目で習う部分は、俺にとってはほぼすべて既知の情報なので、試験でミスることはそうそうないだろうが。

これが、二年目以降の講義だったらまずかったかもしれない。

二年目以降のカリキュラムの中には、俺が学んだことのない講義も結構ある。

一年目で受けられる範囲だと、習ったことがないのは考古魔導学くらいだな。

話が逸れた。

「休日は、魔術道具を見に店を回ったり、魔術本を漁《あさ》りに書店を回ったりだな」

「うわー、魔術の虫。本って、小説とかは読まないの？」

「娯楽小説は結構読むぞ。何というか……平民として貴族ばかりの学園に放り込まれると、共感できることが……多い」

「あ、あはは……」

娯楽小説の主人公、学園で虐《しいた》げられてるやつがめちゃくちゃ多いからな。

グオリエみたいな悪役を、俺は何人娯楽小説で見てきたか……。

そしてフィーアも、そうやって苦笑いをする辺り、結構そのあたりは理解できるようだ。

「後はそうだな……週イチでバイトしてる」

「バイト⁉」

「うおっ」

今日イチ食い付きが良かった。そして相変わらず顔が近い。

そんなに興味あるのか、バイト。

「魔術筆記による写本のバイトだな。魔術の練習になる一般向けのバイトって、これくらいしかなかったんだよ」

「そこまで魔術基準かぁ……でも、バイト。いいよねぇ、バイト」

なんとなく、フィーアの中に社会経験＝バイトの図式があるのを感じる。

気持ちはわからないでもないが。

ちなみに魔術筆記とは、魔術を使って本の内容を別の本に書き写すことだ。

それなりに複雑だが、便利なので一般の魔術師の間でも結構普及していて、それ専門の仕事がある。

「うーん、やっぱりいいなぁ、バイト。私もやってみたいなぁ」

「めちゃくちゃ羨ましそうにこっちを見るのをやめてくれ……」

後、だんだん視線が俺の手にあるカツサンドに向くのもやめてくれ。

あげるから、ほら。

すごくいい笑顔で平らげてくれた。

あげてよかった……

□

「んー、いっぱい食べたーっ！」

「結構量あったのに、まるっとなくなったなぁ……」

思い返せば、フィーアは昼食も結構重いものを頼んでいた。

俺は特に量とかこだわりがないから、その時の好みで頼んでいただけだったが。

そこら辺、フィーアはこだわりが強そうだ。

「一日の元気はご飯から！　いっぱい食べて大きくなるんだよ！」

「いや、もう身長そんな伸びないから……」

俺もそこまで背が高い訳ではないが、フィーアはこんだけ食べても結構小柄なほうだ。

なんかこう、全体的にミニマムなんだよな。

別に発育が悪いってわけじゃないのに。

いや、何を言ってるんだ。

「こうやって、二人で作業して終わったらご飯食べる。……楽しい！」

「まぁ、わかるよ。学園に来てから人と話す機会なんてそれこそ考古魔導学の時くらいだったから、俺も新鮮だ」

後は、バイト中とかな。

あそこは妙齢の女性が多いから、姦《かしま》しいんだよな。

「ねぇ、えっと……ハイムくん？」

「急に改まったな？　………どうしたんだ？」

急に改まってこられると、こっちまで緊張してしまう。

この後フィーアが提案することは、概《おおむ》ね想像がつくのに。

というか、別にそこまで緊張することじゃないだろ⁉

「え、えっと……ハイムくん。これからもその、朝のお手伝い、一緒にどう？」

「……お、おう。もちろん、こっちこそ頼みたいくらいだ」

なんとなく、どもってしまった。

とはいえ、考えてみれば。

講義を一緒に受けるといっても、クラスの連中に目をつけられたくないし、選択講義すべてが被《かぶ》っているわけでもない。

案外、俺たちは毎日話をする機会がないのだ。

それはこう、少しだけまずいだろう。

俺はフィーアの秘密を知る立場なのだ。お互いに毎日顔を合わせて、なにか新しいことがなかったかの情報交換は必要である。

まぁ、そこまで堅く考える必要もないけど。

世間話で、お互いの状況を確認するにはやはりこれが一番だ。

「やったー！　嬉《うれ》しいね、嬉しい！　ありがとね、ハイムくん！」

後はまぁ、あれだ。

なんだかんだ、こうやって喜んでるフィーアはずっと見ていたいし、何より俺自身、フィーアと一緒にいられるなら一緒にいたい。

というと、なんだか気障《きざ》ったらしいが……

朝にこうやって、顔を合わせて話をするくらい、別に変なことでもないよな？

――フィーアの正体を知って、俺を取り巻く状況は一変した。

というか、フィーアという存在がどんどん俺の学園生活で大きくなっていく。

それが悪いことかといえば、そんなことはない。

むしろ良いことだが、変化は変化だ。

「これからよろしくな、フィーア」

「んー？　もちろんだよ、よろしくねハイムくんっ！」

そしてこの笑顔を見てしまっては、変化を悪いなんてとても言えない。

だから俺はその変化に、よろしくと区切りになる挨拶をした。

5　間奏

それからの日常は、比較的穏やかに過ぎていった。

朝早く家を出てフィーアと合流し、学園の様々な雑用を片付けていく日々。

朝会《あさかい》では相変わらず、俺を蔑む視線やグオリエの嫌がらせが鬱陶しいものの、必修講義の間はそこまで連中も俺に構うことはない。

選択講義はそもそもあいつらとはできるだけかち合わないようにしているし、フィーアと二人で講義を受けられる。

講義をフィーアと受けるのは、一日に一回あるかどうかというところだが、昼食は大体一緒に取るようになった。

そうすると、流石《さすが》にカップルかなにかかとクラスの連中ではない人間からも思われるかもしれない。

自然と、昼食は人気《ひとけ》のないところで取るようになる。

学食の料理は外に持ち出すこともできるので、学食で各々《おのおの》に料理を頼んだり、自分で用意したり、購買を利用したり。

学生ってこういうものだよな、といった感じに、色々な料理を二人で食べた。

学園の雑用は、思ったよりも様々なことをやった。

講義で使う資料の仕分けだったり、クラブが使った道具の掃除や洗濯だったり。

まさしくこれぞ雑用と言わんばかりの、それはもう何から何まで押し付けられるすごい状況だった。

というか、やってみて理解《わか》ったが、この学園には思った以上にフィーアへ押し付けられる雑用が多い。

本人が望んでやっているというか、自分からそういう雑用を探し回っているのだから当然といえば当然だが。

これが本人の望みでなければ、娯楽小説の主人公かなにかかと思うほどに不憫《ふびん》である。

雑用をしていると、教師との接点が増える。

教師の俺に対する反応は二つに分かれた。

完全に何一つ興味もない、俺を平民として見ている反応。

もしくは、俺に対して色々と便宜を図り、俺を特待生として見てくれる反応だ。

後者は実にありがたい話だが、別に前者だって悪いことではない。

興味がないということは、グオリエのように俺を害そうという考えがないということなのだから。

——日々は忙しく過ぎていく。

フィーアの秘密を知ってから、俺の一日は明らかに前よりも進みが速くなった。

魔術師としての研鑽《けんさん》を積み重ねる日々もやりがいがあったが、そこにフィーアという彩《いろど》りが加わったのだ。

その生活は、間違いなく居心地のいいものだった。

理解っている。

いずれ、俺とフィーアの関係を、クラスの連中やグオリエが知ることになるだろう。

それは避けようのないことで、俺たちだって積極的に隠そうとは思っていない。

露呈した時には、やつらをはねのけると決めているからだ。

でも、それでも。

今はもう少しだけ、このなんでもない平和な日々が、一日でも長く続けばいいと、俺たちは思っていた——

6　無自覚

フィーアと二人で、学園の雑用を片付ける日が続く。

この学園にやってきて、俺は初めて穏やかな日常を送っているのだと感じることができていた。

グオリエらクラスメイトたちは、常に俺のことを侮蔑してくる。

平民だから、ただその一点で。

〝そうしてもいい空気だから〟攻撃するのだ。

せめてグオリエがいなければ、彼らの対応はもう少しまともになっていただろうに。

だが、それすら気にならないくらい、フィーアとの毎日は充実している。

そんなある日のことだった。

ストラ教授から、雑用を頼まれたのは。

「ほぉ……本当に二人で来よったの」

「なんか含みのある言い方ですねー？　教授」

「いや何、学園の天使とも呼ばれておるフィーアと、特待生のハイムが二人で学園の雑用を片付けて回っていると聞いての」

「初めて聞きましたけどそれ⁉」

今私が考えたからの、と笑うストラ教授。

この好々爺《こうこうや》みたいな雰囲気ながら、まだ五十代なかばという中々びっくりな教授の頼みというのは、資料室の掃除らしい。

「長年あそこは、誰も掃除しようとせんでな、大分埃《ほこり》が溜《た》まっておるのだ」

「一応、ある程度はキレイにしてるんですけど……」

普段からあそこを休憩所にしているフィーアだ。

当然、休憩しても問題ない程度にはキレイになっている……はずなのだが。

「足の踏み場があるところはの。だが、他はそうではない。荷物をどかせば、そこから埃が湧いて出てくるぞ」

「そ、そんなに……？」

思わず問い返してしまった。

そういえば、こないだあそこで派手に転んだ時も、埃がすごかったような。

「こないだは、どこかの誰かさんが戸棚を崩してしまったからの、埃もあたりを舞って大分凄《すご》いことになっておる」

「な、なんで知ってるんですか⁉」

「というか、片付けたよな？　俺たち」

なんでそんなとこまで把握してるんだよ……

「ま、年の功というやつだの。ともあれ中は汚れが酷《ひど》い。一日で片付けずゆっくり進めるのだ」

「はぁ……」

「それと……」

それと？

教授は、なぜかそこで言葉を止め一拍置いた。

「男女が密室で二人きりだからといって、如何《いかが》わしいことをしてにいかんぞ」

かなりストレートにそう言った。

「しませんよ！　するわけないじゃないですか！　学校ですよ⁉」

「なんだ、したくないのか」

「そういう話じゃなくって！　セクハラで訴えますからね、教授！」

言いながら怒っているフィーアは、なかなか可愛《かわい》げがあった。

だが、ここでそれを指摘すると間違いなくやぶ蛇なので、黙っている俺であった。

□

「うわーっ！　本当にすごい埃だーっ！」

バンッ！　と資料室の窓を開けながら、フィーアが叫んだ。

目が><って感じになっている。

埃がばっと窓から飛び出て消えていく。

今はまだ学生が登校してくる時間ではなく、フィーアの声は静かな校舎に響いて消えた。

「これは……朝だけじゃ終わらないな」

「朝食を食べる時間がないよーっ！　それが一番の楽しみなのに‼」

というか、埃まみれの場所で食事は取りたくないな。

まぁ、風魔術で埃が入ってこないようにすればいいのだけども。

「切り替えていこーっ！　一日で終わらないなら、無理に最後までやる必要なし！　途中で切り上げてご飯食べるよ！」

「切り替えはやっ、まぁ急ぐことでもないしな」

次の考古魔導学の講義まではまだ時間がある。

特にストラ教授から期間を指定されているわけではないが、終わらせる区切りとしてはそのあたりになるだろう。つまり、余裕ってことだな。

「流石に、放課後やれば終わると思うけど……」

「……予定空いてる放課後、あるか？」

「ちょっと今日帰ったら確認してみる」

朝ちまちま進めるか、放課後を使って一気に終わらせるか。

そのどちらかで落ち着きそうだ。

俺も放課後は図書館に行きたいが、一日くらいなら問題ないだろう。

気分転換と考えればちょうどいい。

「今日はそうだね……私たちが崩しちゃったところ、なんとかしよっか」

「結構適当に片付けたから、埃も凄いことになってるしな……」

汚れてる場所やちょっと埃が積もった場所があったり。埃が別の場所に飛んでたり。

改めて掃除するとなると、結構大変なことになりそうだ。

それらを、まるっと一気にキレイにしてしまおう。

「というわけでハイムくんは、これ片付けておいてもらっていい？　私はあっちをやるから」

「ああ……悪いな、段取り決めてもらって」

「いいのいいの！　こっちこそ悪いかも。だってハイムくん力持ちだし、頼りにしちゃうんだから！　ね？」

別に俺だって、ある程度の段取りくらい組めるが。

フィーアのそれは本当に手際《てぎわ》が良い。

要領がいいというか、気が利《き》くというか。

そういうところがフィーアの美点なのだろうが。

「あー、それからそうだ、ハイムくん」

「どうした？」

「今日の朝食は自信作なのです！　お楽しみにー♪」

――本当に、憧れてしまうくらいフィーアは器用だ。

今の一言で俺のやる気が出ない理由がない。

そういうところに、俺は惹《ひ》かれているのだろうか。

そもそも俺は、フィーアに対してどう思っているのだろう。

フィーアの秘密を知ったこの場所で、二人きりになる。

そうなると、嫌でも自分の本音を意識しないわけにはいかない。

……俺は、あまり能動的な人間ではない。

魔術を学び始めたのも、俺の暮らす場所に魔術を学ぶ環境があったからだ。

学園に通い始めたのだって、周囲の薦めがあったから。

それにしたって、ストラ教授が俺を推薦し特待生にしてくれなかったら、実際に通うかどうかは怪しいところだっただろう。

週に一度のバイトも、魔術本を買うのに仕送りだけでは足りなかったのと、バイト先の経営者が俺の家族と知り合いだったから行っている。

俺は日課として、朝に少し身体《からだ》を動かしている。

故郷にいた頃からの習慣で、これもまた周囲がそうしていたからそれに倣《なら》ったものだ。

俺自身は本の虫というか、出不精だったから。

あまり身体を動かすことは好きではない。

だが、一度何かを始めれば、それを続けるのは得意なほうだ。

特に魔術というのは、学べば学ぶほど身につく分野である。

周囲は俺を天才だと言うが、俺はあくまで魔術を幼い頃から研鑽《けんさん》し続けてきただけだ。

その集中力は確かに才能かもしれないが、理論上魔術は学べば学ぶだけ成果が出る。

魔術は〝発動する〟という目に見えた成果があるからだ。

どんな人間も、魔術を決まった方法で発動させれば、効果を得られる。

だったら誰だって、学べば魔術の天才になれると俺は思っているのだ。

それが他人からしてみれば、難しいことだとしても。

この世界のあらゆる分野で最も才能ではなく努力が重要なのは、魔術という分野だと俺は断言できる。

その点、フィーアは非常に優秀だ。

俺なんかよりもずっと器用だ。

魔術の練度も高い。

王女として多忙な生活を送りながら、あのクラスでは俺という例外を除けば一番魔術の使い方が巧《うま》いのだ。

一体、どれほどの魔術の研鑽を効率よく行っているのだろう。

「えーっとこっちは片付いたから、次はこれを整理しないと」

「……フィーアは、どうしてそこまで物事を器用に片付けられるんだ？」

ふいに、そんなことを聞いてしまった。

「器用って……そんな風に見える？」

「見えるさ、俺一人だったらこんな素早く掃除を進められない」

「……ハイムくんの部屋って、キレイに掃除されてる？」

「さ、最低限は。なにせ俺の趣味は本だけだからな。部屋が汚れる余地がない」

「それを掃除してないって言うんだよーっ！　っていうかそれ、本は結構乱雑に片付けられてるでしょ！」

なぜ理解《わか》った？？？

やはりフィーアは凄いな……

「そこはハイムくんがわかり易《やす》すぎるだけだよ……でも、そうだね器用……器用かぁ」

掃除を続けながらも、考えるようにフィーアは視線を上げる。

そういうところが、俺からしてみれば器用ってことなんだが。

「私は、人生って短すぎると思ってるんだ」

ぽつりと、フィーアはそんなふうに零《こぼ》した。

「私は、いろんなことに挑戦したいの。学生だってそうだし、魔術だってそう。……お姫様だって、私の挑戦したいことの中には含まれてるよ？」

掃除を進めながら、フィーアは語る。

「でも、それら一つ一つを満足にこなすには、時間がどれだけあっても足りない」

「……まぁ、そりゃそうだろうな」

俺だって、魔術の学習だけを続けられるなら続けたい。

だが、それをするには生きていくための柵《しがらみ》が多すぎる。

お金はどれだけあっても足りないし、今の魔術の学習水準を守るには、グオリエという害意を受け入れてでもこの学園に残らないといけない。

「特に学生生活なんて、三年しかないんだよ？　三年、たったの三年。私、三年しかないなんて勿体《もったい》ないと思う」

「そうか？　三年もあれば、いろんなことができる。魔術の研究も相当進むぞ」

「ハイムくんは凄いなぁ。私だったら魔術にそれだけ情熱を持って打ち込めないよ」

「……そうはとても見えないが」

フィーアの魔術師としての技量は高い。相応の努力をしてきた証拠だ。

そうでなくとも、彼女は毎日学園の雑事に取り組んで、教師と交流を持ったりしている。

クラスの連中とは折り合いが悪いのか、流石《さすが》のフィーアでも壁を作っていると感じるが。

学内での活動は、かなり積極的に行っているはずだ。

「だって、時間がないんだもん。魔術のこともそう。王女としての色々もそう。学園のことだって！　ハイムくんは、秋にある学園祭をどう思う？」

「どうって……まぁ、楽しそうだとは思うよ。深く関わるかっていうと、そういう性分でもないけど、当日は屋台とかは見て回るだろうな」

「私は……もう、何もかもに関わりたい！　生徒会の人たちと交流を持って、学園祭の運営にも関わりたいし、クラスの出し物……は、まぁいいとして。例えばクラブの出店とかも手伝ったりしたいし！　もちろん屋台だって見て回りたいよ！」

止まらぬ勢いでフィーアは言葉を紡《つむ》ぐ。

それらすべてを一度にやるのは、どう考えても無茶だ。

普通の学生ならともかく、フィーアは王女なんだぞ？　そんな時間、どうやって捻出するっていうんだ。

「だから全部やるの」

フィーアは、両腕を目一杯広げて「全部」を表現する。

「え？」

「そのために、私はいろんなことに優先順位をつけなきゃいけないし、それを守らなきゃいけない」

「……その生き方は、大変じゃないのか？」

あまりにも合理的で、そして忙しすぎる考え方だ。

だが、それらを本当にこなせてしまえるのだとしたら。

やり遂げてしまえるのだとしたら。

俺のような受動的な人間からしてみれば、

「だから、人生って楽しいんだよ。私は、短い人生だから好きなんだ！」

それを、心からの笑顔ではっきりと言葉にできるフィーアは。

あまりにも、眩《まぶ》しく映ってしまうのだ――

□

結局、掃除は朝だけでは終わらず。

フィーアはできるだけ早く続きがしたいとのことで、昼休憩中に予定を確認してくることになった。

つまり、久々に今日の昼休憩は一人だ。

だから、だろうか。そいつが俺に話しかけてきたのは。

「――おい、おこぼれ」

おこぼれ、クラスにおける俺の蔑称。

誰もが俺をそう呼ぶが。それはクラスの中だけのことだ。

あいつらは虎の威を借る狐《きつね》、クラスの外でわざわざ俺に話しかけてきたりはしない。

だから、ここで俺に呼びかけるのは――

「……グオリエ」

その元凶たる、グオリエ以外にいないだろう。

なぜ、クラスの外で？　という疑問の答えは、正直ある程度予想できていた。

「貴様、なぜ昼食をフィーアと取っている？　誰の許可を得てのことだ？」

フィーアとのことが、こいつにバレたのだ。

別に隠してはいなかったから、時間の問題だっただろう。

今、その時が来たというだけのこと。

「……許しが必要なこととは思えないが」

「貴様のような平民が、学園で口を開くこと自体が罪深い行為だということを、なぜ理解できない！　その口を閉じろ愚民がぁ‼」

ずんずんと寄ってきたグオリエは、俺の胸ぐらを摑《つか》み上げた。

周囲の視線がこちらに集まり、若干ながら悲鳴も聞こえる。

「いいか、お前のようなおこぼれにフィーアが時間を割くことは損失なのだ。お前の愚かな頭では理解できないだろうから言ってやろう」

「それは」

「黙れと言っている！」

面倒な話だ、ことここに至ってもこいつは、まだ俺に手を出さない。

これで俺を一方的に攻撃すれば、もう少し周囲の同情が俺に傾くというのに。

周囲の俺に対する視線は、現状無関心が圧倒的に多い。

俺が平民であったとしても、そもそも俺の存在自体にピンと来ていないんだろう。

だから、どちらかと言えば彼らの感情は、グオリエへの恐怖に寄っている。

そのうえで、逃げる選択肢を彼らは取ることができる、クラスの連中と違って。

故に恐怖をグオリエへの同調へと変換しない。

だから、グオリエが蛮行を働いてくれれば、それなりに楽になるのだが。

「フィーア・カラットは俺のような上位貴族のモノになるべきなのだ。お前のようなおこぼれに触れれば、フィーアの価値が落ちる」

……もとより、グオリエがフィーアに入れ込んでいることは知っていたが。

そこまで執着するほどだったのか。

俺に対する執着も、嫉妬による部分が大きいのか？

平民だからとか、不快だからとかではなく。

そう考えると、少し疑問が湧いてきた。

「フィーアのどこが、そこまでお前を惹《ひ》きつけるんだ？」

「愚問だ」

そう言いながらも、今度は俺の言葉をグオリエは遮らなかった。

「輝けるフィーアの生き様を、お前は自分のものにしたいとは思わないのか？」

そしてそう、言ってのけたのだ。

「お前はあの生き様を輝かしいとは思わないのか？　あれほど慈愛に満ちている女を、俺は知らん」

「…………」

「慈悲深い女だ、お前のようなおこぼれに対しても声を掛ける。どころか、お前をかばうような素振りは、見るに堪《た》えん」

言い方は、ともかく。

正直意外だった、グオリエのフィーア評は、やつの視点から見たフィーアとしては間違っていないように思える。

フィーアは、その人付き合いの良さから、すぐにクラスでの人気を獲得した。

男女問わず、フィーアを慕うものは多かっただろう。

今となってはグオリエがクラスの空気を支配してしまったせいで、フィーアはクラスと距離を置いているが。

置いていてもなお、クラスの連中がフィーアに対して好意を向けるくらい、フィーアは人付き合いが上手《うま》い。

アレを、カリスマと呼ばなくて何だというのか。

そのことを、グオリエが指摘するとは思わなかった。

はっきり言ってグオリエは、フィーアのことなど見ていないと思っていた。

だが、実際は違ったのだ。

そのことに、俺は言葉にできない感情を抱く。

焦燥のような、怒りのような、けれどもそのどちらとも違う感情。

そしてその感情を——

「俺のようないずれ国を動かす上位貴族のモノとなることは、フィーアにとっても名誉なことだ。それがなぜわからない」

「……っ」

俺は、はっきりと自覚して歯噛《はが》みした。

フィーアのことをそれなりに正しく見ていると思って、少し感心した俺が間違いだった。

こいつは、徹頭徹尾自分勝手なやつだ。

お前がフィーアを語るなよ。

お前みたいなやつが……

だが……

「そうだよな、フィーアの生き方は……輝いているよな」

「……おい」

「眩しいと、憧れてしまうくらいに。目が灼《や》かれてしまいそうなくらいに」

「おい、何をブツブツ言っている、発言を許可した覚えはないぞ」

フィーアは輝いている、太陽のようだ。

手を伸ばせば灼かれてしまいそうな、あまりにも遠く、輝ける陽《ひ》の光のような。

グオリエのような傲慢な男ですら、それを輝かしいと呼称してしまうくらい。

憧れて、灼かれてしまうと思ってもなお、嫌うのではなく略取を望むように。

フィーアは距離が近いから、周りがそれを勘違いしてしまう。

俺は、そう思っていた。だが、違うのだ。

隣にいてほしいから、勘違いするのだ。

隣同士で座った時、視線が合った時、言葉をかわした時。俺は彼女を好ましいと思う。

それは、彼女が俺に親しげに接してくれるからだけではない。

それは――

「おい、いい加減にしろ平民！　俺の言葉が――！」

「そこで何をしている！」

その時だった。校内の萎縮した空気を割って、声が響く。

教師のものだ。

「チッ……」

グオリエは、その声で矛を収めた。

彼がこの学園で支配下においているのは、あくまでクラスの中だけだ。

俺への嫉妬で、思わず行動を起こしてしまったが。

これ以上、問題を起こすわけにはいかない。その程度の頭は回るのだろう。

そして教師も、俺に対して何かしら暴行した形跡がないのなら、強くグオリエを責めない。

それに、この教師は俺に対して興味がない。

問題がうやむやになったのなら、それ以上追及はしないだろう。

グオリエが去り、平穏が戻る。

学生たちも、そそくさとその場を後にし、教師も俺を一瞥《いちべつ》してから興味なさげに去っていく。

かくして、周囲に人はいなくなった。

俺は唯一《ただ》人残される。

不思議と、身体《からだ》が動かなかった。不意に、想像してしまったからだ。

グオリエが、無理矢理にフィーアを自分のものにする想像を。

俺の中で、いくつかの感情がぐちゃぐちゃに混ざり合った言葉にしがたい感情が浮かび上がる。

グオリエがフィーアの側《そば》にいることを想像してしまったら。

俺はもう、どうにかなってしまいそうだった。

それは嫉妬と、それから焦《あせ》りに近い感情だろう。

7　好きだ

その日最後の選択講義は、フィーアと一緒に受けることのできる講義だった。

そこで、今後の予定を立てようと決めていた。

「そっか、バファルスキくんが……」

「ああ。でも、遅かれ早かれだからな」

正直、もう俺にとってグオリエのことは重要ではなかった。

もともとこうなることは理解《わか》っていたし、いずれは対応しなくてはならない問題だ。

「それで、放課後の予定のほうは」

「んふふ、今日！　空いてました！」

「なら……よかった」

先ほどのグオリエとの邂逅《かいこう》以来、俺ははっきりとしない感情に苛《さいな》まれている。

嫉妬と端的に表現してしまえればそれでいい。だが、どうしてかそれができない。

嫉妬は単なる感情の発露でしかないからだ。

その根源は、もっと別のもの。

ただ、今この瞬間、俺はまだそれをうまく言葉にできそうにはなかった。

□

──放課後、俺たちは再び資料室に向かった。
相変わらずそこは人気《ひとけ》がなく、忘れ去られた資料たちが埃《ほこり》を被《かぶ》っている。
魔術の資料として、これほど価値のあるものはそうそうないだろうに。
少しでもその価値が戻ってくるなら、この資料室を掃除する意味もあるというものだ。
そして何より、俺にとってはフィーアの秘密を知った場所でもある。
あの時出会った金髪のお姫様は、今こうして、俺の隣にいる。
秘密の共有者として。何より、親密になった学友として。
あれから、何度も彼女の顔を横目に見てきたけれど。
フィーアはいつも変わらず可愛《かわい》らしい。
思わず勘違いしてしまいそうになるほど。
俺のことが好きなんじゃないかって、自惚《うぬぼ》れてしまうような感覚になる。
それがどれだけ傲慢なものか理解っていながら。
でも、そうなるのは必然だと俺は思う。
だって俺は────
「──くん、ハイムくん」
「……ん、え？」

「なんか、難しい顔をしてたけど……どうしたの？」

「あ、いや……ああ。悪い」

俺は、一旦自身の思考を振り払う。

今は、眼《め》の前のこと。フィーアとの資料室の掃除に集中するべきだ。

「それでねハイムくん。私思ったんだけど、掃除って風魔術で楽できないかな」

「風魔術でか？　状況によるな……」

――まずは、眼の前の問題を解決してからだ。

フィーアは、やるべきことをやる人間のほうが、そうではない人間よりも好ましいと感じるだろう。

「まず、魔術で風を操るというのは、大気のマナを風に変換するということだ」

魔術とは、マナを何かしらの現象に変換する方法である。

マナとはこの世界に満ちる、魔術を生み出すためのエネルギー。

魔術は詠唱や魔法陣などを介して、マナに訴えかけることで発動する。

「だから、魔術は詠唱や魔法陣によってその効果が制御される。つまり、掃除に適した詠唱ならこの埃をどうにかできるかもしれないが……」

「しれないが？」

「……そもそも、風魔術は基本的に攻撃用の魔術だ。生活に使える魔術といっても、例えば濡《ぬ》れた衣服を乾かす魔術とか……」

思わず、そこで考え込んでしまう。

なんというか、こうなるともはや自分でも止まらないな。

「…………」

「じゃあ次は……フィーア？　どうしたんだ？」

「……ん、え？　あっ、な、なんでもないよっ」

そんな俺を見て、何やら考えている様子のフィーアに声を掛ける。

すると、フィーアはすぐになんでもないと言って作業を再開した。

二人で、資料室の荷物を外に持ち出していく。淡々と、作業は雑談交じりに進んでいた。

風魔術では、埃を精密に本や戸棚から引き剝がすことはできないが、ある程度の勢いで部屋中の埃という埃を吹き飛ばすことはできると結論付けた。

その勢いのある風で、資料がダメになってしまわないようにしてから、魔術を使う。

これなら床を一から掃除したり、部屋の隅を何度もキレイにする必要はない。

荷物の運び出しを加味しても、それなりの時短にはなるだろう。

「いやー、いっぱいあるねぇ」

「まぁ、長年の研究の集まりだからな。その分、貴重な資料も色々だ」

「目移りしちゃダメだよ、ハイムくんすっごく集中して読み始めちゃいそうだし」

「今はしないよ。資料室の掃除が最優先だ」

まぁ、興味がないかと言われれば嘘《うそ》になるが。

というか、今まさに俺が持っている資料の一番上が気になって仕方がないんだが？

何だよ酒魔術って、そんな人類の欲望をすべて満たすための魔術みたいなものが、この世界には存在してるっていうのか？

とても気になる。

「……そわそわしているの丸わかり。ハイムくん、ダメだからねー」

「してないって！　……ああ、いや」

気付いた。

俺がそわそわしてしまったことで、フィーアも資料に興味を持っている。

明らかに、視線がこっちに向いていて、段々と距離が近づいてきている。

あんまり近いと恥ずかしいんだが⁉

「そこまでそわそわしてると、こっちまで気になってくるんだけどー？」

「いやダメだって！　これフィーアが見たら間違いなく興味そそられて掃除が進まなくな

る！」

「むむ………………」

その言葉に、フィーアは手を止めてくれたようだ。

よかった……と思ったのもつかの間。

「よし！　見ます！　貸してください！」

「なんでだ⁉」

「状況判断だよ、ハイムくん。今日は多少遅くなってでも、一気に掃除を終わらせる予定だったよね？」

「あ、ああ……多少夜遅くなっても、問題ないんだったよな？」

「なので、多少遅くなっても問題ないんだよ、ハイムくん」

フィーア……！　好奇心が効率に勝ったな⁉

いや、効率まで計算したうえで好奇心に負けても大丈夫だと判断したわけだ。

なんてこった、正直に話すよりも、徹底して隠すほうが正解だったのか⁉

「というわけでー、見せなさーいハイムくん」

なんとか、手にしている資料をフィーアから遠ざけるように持ち上げる。

対するフィーアは、ジャンプしてその資料を手に取ろうとしていた。

「だ、ダメだ。ただでさえ時間を食う作業なのに、これ以上遅延するわけには——」

俺がそう言っていると、ぶつぶつとフィーアが何かを唱え。

——その髪色が、金髪に変わった。

「第三王女ステラフィア・マギパステルが命じます！　今すぐその資料を私に見せなさーい！」

「そこまでするかー⁉」

やいのやいの。まぁ、口ではダメだダメだと言うものの。

フィーアとそういうやり取りをするのは、楽しかった。

結局、すっかり空も暗くなってしまったけれど。

そうやって二人は、楽しみながら掃除を終えたのだ。

□

「見て見て、ハイムくん。空がまっくろー、星も月もキレイに見えるよ」

「いや……本当にかかったな」

結局。アレから何度も資料の誘惑に負けかけながら、もしくは負けながら。

俺たちはようやく、資料室の掃除を終えた。

いや本当に長かった。

掃除自体は考案した風魔術の使い方で、かなりさっくり終わったのだが。

それ以外の部分が強敵だった。

資料が多かったこと。そしてその資料がどれも興味深いものであったこと。

俺たちは──主にフィーアは、その誘惑に何度も負けて、資料を読み漁《あさ》ってしまった。

いや本当に、そこが大変だった。

「しかし、本当にこんな時間まで残って大丈夫なのか？」

『大丈夫だよ。校舎はまだ明かりがついてるし、王城までの道も街灯があって、警備もしっかりしてるから』

「まぁ、それならいいんだけど……」

確かに、これだけ暗くなってもまだ学生や教師は結構残っている。

フィーアが大丈夫と言うのなら、大丈夫だろう。

それに……まぁ、フィーアとこうして夜空を眺める経験なんて、何度できるかわかったものではないのだから。

「夜空ってさ、素敵だよね。あんなにもいっぱい星があって、その多くには名前がついてる」

「そうだな……フィーアは、星空が好きそうだと思ってたよ」

「なにそれ、変なのー」

フィーアは、とにかく好奇心が旺盛だ。

旺盛すぎて人生は短いと吐露してしまうほどに。

でも、それがフィーアの魅力でもあるし、だからこそフィーアは星空が好きなのだろう。

「俺は、どちらかといえば陽《ひ》の光のほうが好きなんだよな」

「そうなの⁉　結構意外。穏やかで静かなほうが好きかと思ってた」

「それは環境次第だしな、日差しだって静かじゃないってこともない」

そうだ。

俺は星空のような、無数の輝けるなにかより。

ただ一つ、空で輝く太陽が好きだ。

一つのことに熱中するほうが、俺は性に合ってるんだと思う。

「……そっか、ハイムくんだもんね。お日様のほうが好きだよね。納得しちゃった」

「ああ、それに……俺は陽の光だから好きなんだ」

「……それって？」

一つ、息を吸う。

「陽の光は、俺みたいな受け身でしかない人間も平等に照らしてくれる。それが俺には嬉《うれ》しいんだ」

どこか浮ついたことを言っている自覚はある。

でも、どうしてそんなことを口にしているかはわからない。

正直、俺はこんなことを口にするのかと自分で驚いてしまっていた。

「ハイムくんは受け身じゃないよ。自分の中に譲れないものを持っているからね」

フィーアの穏やかな声音が響く。

聞いていると、とても安心してしまう。

「それは……繋《つな》がらないんじゃないか？」

「そんなことないよ。譲れないものがあるってことは、もしもそれを他人とぶつけてしまった時に、引くことができないってことだって私は思うよ」

「まぁ……そうだな」

もしも俺が魔術のことで他人と衝突してしまったら、自分の考えの正しさに固執してしまうかも知れない。

幸いにも、今までそういう経験はなかったけれど。

いや、違うな。

そういう経験がなかったからこそだと、フィーアは言いたいんじゃないか？

「お日様は、時にその眩《まぶ》しさで誰かを傷つけちゃうことだってあるかもしれない。夏の日差しなんて特に。アレは女の子の天敵だよっ、天敵っ！」

「まぁ……そうだな」

日焼けを防ぐ魔術はあるけれど、それを使えるのは一部の魔術師だけだし。

いや、そういう話じゃない。

「――でも、お星様が誰かを傷つけることはない」

「……え？」

「お星様は、ただそこにあってずっと誰かを照らし続けてる。その光は誰も傷つけない。でも、輝く一番星はどんな時だって空にある。これって、凄《すご》いことだと思わない？」

どこか詩的なフィーアの物言いに、俺は思わず顔を上げる。

そして、フィーアのほうを見た。

「だから私は、お星様が好き」

そうして微《ほほ》笑《え》むフィーアの姿は。

とても愛《いと》おしげに、空を見上げていて。

横から眺める俺は、その微笑みに目を灼《や》かれてしまいそうで。

けれど、目を離すことは絶対にできなくて。

「ハイムくんは受け身なんじゃなくって、譲れない何かを他人と衝突させない優しい性格なんだって……私は思うよ」

「それは……フィーアが優しいからそう見えてるだけかもしれないぞ？」

「えー、そんなことないと思うけどな」

くすくすと、楽しそうに笑うフィーアを、俺は横で眺めている。

フィーアが星を好きだと言った時。

俺は少しだけドキッとした。

だって、星を好きだと語る少女はあまりにも――太陽のように、眩しかったんだ。

□

――誰であろうと、明るく照らす姿に憧れた。

俺、ハイムにとってフィーアという名のクラスメイトは、どこか遠い存在のはずなのに、とても近くにいてくれるような人間だった。

貴族という立場でありながら、平民である俺に平等に接してくれる。

そんな人は、この学園で彼女ただ一人。

そもそも俺は、これまであまり自分と考えの違う人間と接することはなかった。

周囲の人々は俺と同じ立場と身分の人間だったし、学園に入学してからも交流を持つ人間はそこまで自分と価値観の違わない人ばかりだった。

価値観の違う人間はというと、俺をおこぼれだと蔑むやつらであるので関わりたいとは思わない。

クラス外の人間が侮蔑の目で見てくることはあまりなく、気にかけてくれる教師もいるが、そういった人たちとも繋がりと呼べるほどのものはなかった。

だからだろう、自然と周囲との間に壁を作ったのは。

攻撃されたとしても、それに反撃する必要はない。

ただ、無視してなかったことにすればいい。

そう考えていた。

それを受け身と言うのだと、俺は思っていた。

――だけどフィーアは、それを優しさだと言った。

フィーア・カラット。

壁を作った俺の側《そば》に、構うことなく近づいてきてくれる人。

俺の壁を、優しさだと言ってくれる人。

こんなにも、誰かを明るく照らす少女が他にいるだろうか。

受け身ばかりの俺の手を無理矢理にでも引っ張って、陽の光で照らしてくれる少女が他にいるだろうか。

俺はいないと思ってる。

フィーアだけが、俺を優しく照らしてくれる。

フィーアだけだ。

空に太陽が一つしかないように。

けれど、そんなフィーアの光を翳《かげ》らせようとしているやつがいる。

グオリエは、フィーアを奪おうとした。

そのことに、俺はどうしようもない嫉妬と焦《あせ》りを感じている。

それは結局のところ、俺がグオリエと同じだということか？

いや、違う。

きっと、そうではない。

ああ、でも。

ある一点においてだけ、俺とグオリエの感情は一致する。

ここまでくれば、自覚せずにはいられない。

そうだ、俺は――

――俺は、フィーアが好きだ。

空を見上げながら隣を歩く、夜空なんてかき消してしまいそうなほど眩しい少女を見て、俺はそう思った。

□

――一つのことに、無心で打ち込める姿に憧れた。

私、フィーア・カラットにとってハイムという名のクラスメイトは、他の誰とも違う譲れない何かを抱えた人間だった。

私に対して、対等に話をしてくれる異性というのは初めての存在だった。

言うまでもなく、王女である時は私と対等に接してくれる人は同じ王女という立場の友人だけ。

学園に入って王女でなくなっても、貴族であることに変わりはない。

魔導学園において、人は魔術の前に平等と言うけれど、そんなの結局建前でしかないんだ。

だから、どうしたって貴族同士でも相手の家格というのは気にするし……カラット家は一般的には家格の低い家だった。

ハイムくんだけだ、本当の意味で私と対等に接してくれる男の人は。

それはハイムくんが平民だから?

ううん、きっとハイムくんの性格がそうさせるんだと思う。

ハイムくんは特待生として学園にやってきた平民だ。

ハイムくんはグオリエという乱暴な貴族に目をつけられて迫害され、侮蔑されている。

クラスにもそれは波及し、彼はとても居心地が悪かっただろう。

どうにかしたくても、ステラフィアではないただの私《フィーア》に、そんな力はなかった。

そんな彼と話をするようになったのは、考古魔導学の講義でのことだ。

初めての考古魔導学の講義の日、その日はちょうどグオリエが嫌がらせを始めた最初の日だった。

それまで、ハイムくんに対して無関心ではあったけど嫌なことはしてこなかったクラスメイトが、一斉にハイムくんに嫌なことを言い始めて。

グオリエに至ってはハイムくんの胸ぐらを摑《つか》んで、堂々と罵倒を浴びせるんだもん。

思わず、止めに入っちゃった。

そんな状況だったから、私は怒り心頭で考古魔導学の教室にやってきたんだけど――

ハイムくんは私よりも先に教室にやってきていて、熱心に何かを読んでいた。

それは確か、図書館にある魔術に関する論文のはずだ。

私がやってきたことにも気がつかず。

衝撃だった。

だって、あんなことがあったのにそれを気にする様子も見せずにただただ魔術の論文を読むことに没頭してるんだもの。

ハイムくんの魔術に対する好奇心を、止められる人はきっと誰もいないんだろう。

それから、私はハイムくんと話をするようになった。

ハイムくんのことを知りたいと思った。

話をすれば、ハイムくんが自分とは正反対の受動的な人間であることが理解《わか》った。

グオリエに反抗しないのも、そうすることが面倒だから。

魔術を習い始めたのだって、故郷に魔術を学ぶ環境があったからだそうで。

でも、一つのことに集中すると、彼の目つきは一気に変わった。

鋭く真剣に、まっすぐと、一つのことにしか目がいかなくなる。

そのギャップが、たまらなく愛おしい。

悪く言えば、ハイムくんは流されがちなどこにでもいる普通の少年だ。

だが、そんな部分すらも、私にとっては愛らしくてたまらないのだ。

何より私は、ハイムくんがただ受動的なだけではないと知っている。

波風を立てようとしないのは、問題を起こしたくないということもあるけれど。

相手を傷つける意志がないということでもある。

それは間違いなく優しさで、私の知ってるハイムくんの大きな魅力だ。

「陽の光は、俺みたいな受け身でしかない人間も平等に照らしてくれる。それが俺には嬉《うれ》しいんだ」

なんてハイムくんは言うけれど、それはすべてを受け止めきれる力があるっていうこと。

今日のハイムくんは、なんだか少し変だった。

考え事をしていて、私と話している時も上の空。

悩みがあるのなら聞いてあげたいのだけれど、ハイムくんはそのことを話したがらないみたい。

だっていうのに、私が風魔術の応用方法がないか聞いた途端。

あっという間にいつものハイムくんに戻ってみせた。

ああいうの、反則って言うんだよ。

そして今も、私の話を聞きながらまっすぐな視線でこっちを見ている。

その目を見るたびに、私はどうしようもなく自覚してしまう。

――私は、ハイムくんが好きだ。

だから私は、この胸の高鳴りを決して止めることはできないだろうと、そう考えていた。

3. 彼女ですから

1　貴族

グオリエ・バファルスキ。

バファルスキ家というのは、この国の軍事に関わる大貴族で、グオリエはその次男坊だ。

何もかもが自分のものでなければ我慢のならない乱暴者。

軍事に関わる大貴族の息子というだけあって、魔術の腕はそれなりだ。

肉体だって鍛え上げられており、決して怠惰で傲慢なだけの貴族でないことは見てわかる。

だからこそ他の貴族も、その剛腕と家柄で言うことを聞かせられるわけだ。

そして昨日、俺はフィーアに対する感情を自覚した。

そんな俺にとって、こいつは恋敵ということになる。

「…………」

夜空の下で話をして。

次の日、俺は朝会《あさかい》が始まるギリギリでクラスにやってきた。

今日は朝の雑用はお休み。

流石《さすが》に昨日遅くまでやりすぎたので、二人で今日はゆっくり休もうと決めたのだ。

それはそれとして、グオリエのことがあったので今日も朝会ギリギリにやってきたわけだが。

意外なことにグオリエは俺に対して即座に食って掛かることはしなかった。

そりゃ朝会が始まるのだからすぐに教師が入ってきてしまうだろうが。

代わりに、クラスの空気がとんでもない緊張感に包まれていた。

グオリエのほうから、とんでもない圧を感じるのだ。

普段であればグオリエの顔色を窺《うかが》うように俺を罵倒してくるクラスメイトが、口をつぐんでしまう程に。

今日のグオリエは圧に満ちていた。

——視線が、一瞬こちらを向いた。

殺気。

敵意や害意どころでは済まない気迫が飛んできた。

しかしこの程度、魔術を物理的に飛ばされることに比べたら何てことない。

気にせず、席についた。その直後、再び教室の扉が開く。

「おはようございます！」

フィーアが、勢いよく入ってきたのだ。それと同時にチャイムが鳴る。

あと少しすれば教師が入ってくるだろう。

そしてフィーアは、クラスの異様な緊張感に気付いたのか、浮かべていた笑みを引きつらせつつ席につく。

グオリエはフィーアに対しては圧を飛ばさないものの、教室にいる時点で空気をグオリエに支配されてしまっている。

だからか、流石のフィーアも俺に対して挨拶をしてくることはなかった。

とはいえ、チラチラとこっちは見てくるんだけど。

この状況でそれができるあたり、さすがは王族の度胸ってところか。

ともあれ、教師がやってきて朝会が始まる。

教師もクラスの空気に顔をひきつらせていた。

しかし、朝会が終わった後も。

不思議なことに、グオリエは俺に声をかけてこない。

正直、朝会が終わってすぐに仕掛けてくると思っていた。

グオリエのことは、俺にとっていずれ解決しなければいけない問題だ。

これまでは、一年耐えてクラス替えで別々のクラスになれば二度と顔を合わせることもないだろうと、耐えることを選んでいた。

行動を起こすのが面倒だったからだ。

だが、今は違う。

フィーアの秘密を知ってしまったことで、俺とフィーアの関係は変化した。

それに合わせて、俺はフィーアと一緒にいる時間が増えた。

故に、いずれその関係はグオリエの知るところになる。

一緒に食事を取ったりしているのだ、鉢合わせになることだってあるだろう、と。

結果として、昨日の昼休み、俺はグオリエに声をかけられた。

その時が来たわけだ。

昨日は、最終的に教師がやってきてグオリエはその場から引いた。

だが、いずれ俺に対して何かしらの攻撃を仕掛けてくることは明白。

何かしら対応しなければならないと思っていたわけだが、グオリエは不思議なことに何もしてこなかったのだ。

朝会が終われば、クラスに長居する理由もない。

昼前にある実習の必習講義まで、グオリエとは距離を取るだけだった。
その間、なぜグオリエが行動を起こさないのか考えるが、結論は出ず。
実習の時間を迎えた。
「本日は、上級火炎魔術の実習を行う」
教官のその言葉に、クラスがざわめく。
上級魔術の実習は、これが初めてのことだ。
はっきり言って、この時期に上級火炎魔術の実習は学生には荷が重いだろう。
おそらく、この上級火炎魔術の実習は、魔術を成功させる想定はされていないはずだ。
いずれ学ぶことになる魔術に、今のうちに触れておくための実習なのだろう。
俺を除けば、何の指導もなく上級火炎魔術を使えるのはフィーアと――
「では、グオリエ・バファルスキ、前へ！」
――こいつだけだ。
教官に呼ばれ、前に出たグオリエの顔を見て理解った。
自身に満ちた笑み。
こいつは、今日上級火炎魔術についての実習を行うことを知っていたんだろう。
そして、俺に対して挑発的な視線を送る。

「上級魔術は、選ばれし者にのみ許された才覚の証《あかし》だ。それを証明してやろうではないか」

こいつは、上級火炎魔術を使ってみせることで、自分と俺の差というやつを見せつけようとしているらしい。

誰に対してかは……言うまでもないだろう。

「業火《ごうか》よ、焼き尽くせ！」

グオリエが大仰に詠唱を行うと、生み出された炎が魔術用の的へ突き刺さる。

そして、的を跡形もなく吹き飛ばした。

「これが上級火炎魔術、見たか⁉　これこそが俺の才覚の証だ！」

勝ち誇るように、グオリエは叫んだ。

グオリエの才能は本物だろう。

上級魔術は、上級貴族だから使えるようになるものではない。

上級貴族であるというグオリエの自負が上級魔術を使えるまでに彼を至らしめたのである。

無論、それは素晴らしいことなのだが、だからこそ惜しいなとも思ってしまう。

やつは満足してしまっているのだ。

上級魔術が使える自分という現状に。

それでは、真に魔術の才能があるとは残念ながら言えなかった。

「次、ハイム！　前へ！」

的を跡形もなく燃やし尽くしたグオリエの次に、俺の名が呼ばれた。

そこで、クラスメイトからの嘲笑が聞こえてくる。

こいつら、グオリエがこの場で俺とグオリエの格の違いを証明するために我慢していたのだと理解した途端、通常営業に戻りやがった。

そして、戻って来るグオリエとすれ違う。

「理解《わか》ったかおこぼれ、コレが本当の魔術というものだ」

「……俺は残念だよ」

「何？」

「そこまで魔術の素養があって、どうしてその先を目指さないのか。不思議で仕方がない」

「おい、待て――」

グオリエが制止しようとするが、俺がその場を離れると手が止まる。

実習中だ。

無理に俺を攻撃しようとしても教官の制止が入ってしまう。

俺は所定の位置に立つと、杖《つえ》を構える。

一つ息を吸ってから、

「──火よ、燃えろ」

杖に、火を灯《とも》す。

「……ハイム？　それは下級火炎魔術ではないか？」

教官の不思議そうな声。

──直後、後方からクラスメイトの笑い声が響いた。

口々に、俺が下級火炎魔術を使ったことをバカにしているらしい。

距離があって聞こえないが、フィーアの顔を見れば内容は想像がつく。

落ち着いてくれ、フィーア。意図あってのことだから、これは。

「教官。アレをやってみても？」

「アレ……？　ああ、下級魔術の上級化か」

「ええ」

「……くく、君にも一丁前に見栄《みえ》というものがあったか」

「教官」

悪い悪いと、楽しそうにしながら教官は距離を取った。

俺は、杖に灯った炎に視線を向けて。

「業火よ」

追加で詠唱をする。すると、炎は先程のグオリエのそれより更に大きくなった。

俺はそれを、的に寸分たがわず命中させる。

凄《すさ》まじい炸裂《さくれつ》音とともに、的が跡形もなく吹き飛んだ。

「な――」

何が、とクラスメイトたちの驚愕《きょうがく》が広がる。

その驚愕はクラスメイトたちだけではない、フィーアにも広がっている。

どころか――すぐに取り繕ったものの、グオリエさえ驚愕している。

一目で、威力が明らかに上級火炎魔術よりも高かったことがわかり衝撃的だったのだろう。

教官が解説する。

「今のは、下級魔術の上級化だ。見ての通り、ただの上級魔術よりも、効果が高い」

その一言に、グオリエの顔が一瞬憤怒《ふんぬ》に染まった。

「一般的に、魔術とは等級で使用できる効果が決まっている」

教官が語る。

それは魔術のごく基本的な教養だ。

魔術には、下級、中級、上級の等級がある。

そして等級によって使える魔術が決まるのだ。

火炎魔術なら、純粋に破壊力の違いがコレで決まる。

「故に、魔術は下級より上級のほうが扱いは難しい。だから、戦闘においては常識的に考えれば上級を使うほうが威力は高い」

しかし、と教官はその常識を否定する。

「だがそうしてしまうと、自身の周囲に漂うマナはすぐ枯渇《こかつ》してしまう。魔術は周囲のマナがなければ使えないからな」

マナがあることは、魔術を使うための前提条件だ。

そして魔術を使うと一時的に消費されてしまうものでもある。

もちろん、少しすればマナはまた周囲を満たすが、あまり連続して上級魔術を使ってしまうとマナは枯渇してしまう。

戦闘において、それは致命的だ。

「それに、魔術で人を殺すには、上級魔術ほどの火力は必要ない。一般的に、攻撃系の上級魔術はそこまで学ぶ必要のないものだ」

「せ、先生！　質問です！」

「なんだ、フィーア」

そこで、フィーアが手を挙げた。

「じゃあ、どうしてこうやって実習で上級魔術を教えるんですか？」

「いい質問だ。理由はとても単純で、あらゆる上級魔術の中で攻撃系の上級魔術が一番制御が簡単だからだ」

制御とは、魔術を使うための根幹的な技術だ。

イメージとしては、バランスの悪い建材の上で姿勢を保つようなものだろうか。

そのバランスの悪さが、魔術の制御の難しさであり、魔術の効果の強さを決める。

「上級魔術と上級攻撃魔術では、その間にまた一つ制御の難しさに差がある。故に、上級攻撃魔術を使えるのと、上級魔術を使えるのとでは、魔術師として練度の違いが出てくるのだ」

「――ふざけるな！」

そこで、叫んだ。

グオリエが、今度こそ顔を憤怒まみれにしながら。

「上級攻撃魔術も、上級魔術だ！　それが使えれば、上級魔術の使い手としてなんら不足はないであろう！」

「軍属の貴族なら、そうだな。だが、魔術師としては上級攻撃魔術以外の上級魔術も使えないのでは一流は名乗れないだろう」

その言葉に、グオリエの顔が更に歪《ゆが》んだ。

初耳だったのだろう。

軍属の貴族というのは、魔術師とはまた別のカテゴリだ。

軍に所属するうえでは、上級攻撃魔術さえ使えれば天才という評価を受けるだろう。

だが、魔術師としてはそれでは足りない。

その事実は、魔術師としてより専門的な教育を受けなければわからない部分である。

上級攻撃魔術で、練度に満足してしまったグオリエが知らないのも無理のない話だ。

「そういえば先生、下級魔術の上級化ってなんですか？」

「ああ、そうだな。一言で言えば、上級魔術よりも更に制御の難しい技術だ」

その言葉に、グオリエが愕然《がくぜん》とするのが見えた。

「下級の上級化は、言葉のうえでは文字通りの意味だ」

そして、制御のうえでは更に難解な技術だ。

下級の制御の上に、上級の制御を並べるようなものと考えてもらえればいい。

バランスの悪い建材の上にボールを乗せて、その上に乗ってバランスを保つようなもの。

ただボールの上でバランスを取るよりも圧倒的に難易度は高い。

「利点は二つ、下級魔術の効果に、上級魔術の効果が上乗せされる。結果は見ての通り」

そして、もう一つは――

「消費するマナが、下級魔術分だけで済む」

これが、魔術の面白いところ。

やっていることは下級魔術に上級魔術を乗算するようなものなのに、消費するマナは下級魔術のものだけでいいのだ。

なぜ？　と言われても、今のところその原理を解明できたものはいない。

だからこそ、魔術は学ぶ価値があるのだ。

「他になにか質問はあるか？」

教官の言葉に、返事はなかった。ただ、沈黙だけが周囲を満たす。

皆の視線は、俺とグオリエの間を行ったり来たりしていた。

「では、次。フィーア・カラット」

「は、はい！」

フィーアだけは、普段と変わらず元気に返事をして前に出る。

俺がそれに合わせて元の場所に戻る途中、なにか言いたげな視線を感じるが無視。

それから、実習は進んでいく。

フィーアは上級攻撃魔術を成功させたものの、他の学生はまだ上級攻撃魔術を使える段階に至っていない。

各々《おのおの》が魔術を失敗したり、少し成功させたり。

結果は様々だ。

だが、同時に彼らは上級魔術の制御の難しさが身にしみて理解できただろう。

——本来なら、それはグオリエの株を上げるはずだった。

上級攻撃魔術を使えるグオリエは、間違いなくクラスで三本の指に入る優秀な魔術師だ。

だが、実際にはグオリエの他に俺とフィーアも、上級攻撃魔術以上のことができる。

結果、何が起きるか。

クラスメイトのグオリエに対する忠誠が揺らぐのだ。

やつがクラスメイトを支配していたのは暴力によるものが大きい。

その暴力が、クラスにおける絶対でないとわかれば、グオリエにへりくだる理由なんてないだろう。

ただ、俺に対する視線は正直そこまで変わっていない。

相変わらず、侮蔑の視線は隠しきれていなかった。

そりゃ、本人たちは心の底から〝おこぼれ〟と、そう思っているのだ。

実際はグオリエの考えに染まっているだけの、主体性のなさが理由だが。

どちらにせよ、俺への態度を変える理由にはならないだろう。

だが、それでも直接的に俺を罵倒したり嘲笑することはなくなるだろうな、という変化も感じた。

2　嫌がらせ

「いやぁ、すごかったね」

昼、フィーアと昼食を共にしながら。

今日は学食で昼食を食べることにした。

比較的講義が早く終わったために、学食が空《す》いていたのだ。

「教官には感謝だな、彼ができるだけ客観的に説明してくれたおかげで、クラスの連中も教官の説明に納得できた」

「ハイムくんが説明してたら、また拗《こじ》れてただろうねぇ」

違いない、と昼食をかっこみながら頷《うなず》く。

「正直言うと……自分でもどうかと思うけど、少しすっきりした」

「それはフィーアが人が好《よ》すぎるだけだ。教官の顔を思い出せ、めちゃくちゃ楽しそうだったぞ」

フィーアは人が好すぎる。

クラスの連中があそこまで色々と最悪でも、ギリギリ隔たりを持たずに接しているんだから。

だから、あのやり取りでスカッとすることにすら、悪いと思ってしまうんだろう。

教官くらいノリノリでも、別に誰も責めやしないだろうに。

「それでもだよ。……っていうか、ハイムくんはどうしてああしようと思ったの？」

「んー、もともとフィーアとこうして付き合い出した時点で、グオリエのことはどうにかしなくちゃいけなかったからな」

「つきっ⁉」

思わず驚愕したフィーアが顔を真っ赤にして、手にしていたスプーンが宙を舞う。

ワタワタとそれを二人で回収する。

というか、ワタワタとしている間に俺も気付いてしまった。

俺はなんてことを口走っているんだ⁉

「あ、ああいや！　そうじゃなくって、この場合付き合うってのは、最初に資料室でフィーアと出くわした時だ」

「まぎらわしいよー！」

ごまかそうとして、なんか言っていることが自惚《うぬぼ》れているような感じになってしまった。

顔を真っ赤にして、フィーアは頬を膨らませている。

「と、とにかく。いつかどこかでグオリエの対処は必須だった。ちょうど良かったんだよ、喧嘩《けんか》になるとこっちが不利だからな」

「まぁ、特待生っていっても平民だからねぇ、問題を大きくしすぎると先生も庇《かば》いきれないし」

だから、あの方法で優劣をつけられたのは、こっちにとって幸運だった。

「でも、彼だってバカじゃないんだから。特待生相手に魔術の腕を競っても勝てないって理解《わか》らなかったのかな」

「正直、最悪勝てなくても問題ないって考えてたんだろう」

「？　どういうこと？」

「自分が特待生の俺と同じ魔術の腕を持ってると周りに見せつけられれば、最悪それで問題なかったんだ」

つまり、俺が使えるだろう上級攻撃魔術をグオリエも使えるということがわかれば、家柄の分上に立てる。

グオリエは上級攻撃魔術と上級魔術の区別もついてなかったからな。

つまり、自分の使える魔術の上があるとは考えていなかったんだ。

「ふーん、確かにそれなら納得かも」

「そもそも上級攻撃魔術ならフィーアも使えるからな。やつだってそのくらいは織り込み済みだろうから、完全に考えなしってわけでもないだろ」

ただまぁ、そこまで考えたうえで……結局。

「でも、俺よりできると思ってたんだろうなぁ……」

「……まぁうん、それはそうだね」

という結論になる。

「それにしても」

同時に、フィーアは昼食を完食して、ぽつりと零《こぼ》す。

「……付き合う、かぁ」

何とも言えない物言い、なにか思うことがあるのだろうか。

俺としては気になるつぶやきだが、だからこそ踏み込む勇気を生み出すことはできなかった。

□

次の日、クラスに行くと机が破壊されていた。

消し炭になるまで燃え尽きていたのである。思わず二度見してしまった。

クラスに入った時点で雰囲気が変だとは思ったが、まさか自分の机が破壊されるとは。

犯人は、言うまでもないだろう。ただ、クラスにやつの姿はなかった。

普段であればもうすでに顔を出しているだろうに。

やってきたのは、朝会《あさかい》が始まる直前の――俺よりも少し後のタイミングだった。

「……グオリエ」

「おや？　これはずいぶんと不憫《ふびん》だなぁおこぼれ、座る場所もないではないか。滑稽だなぁ」

グオリエは、得意げにそう吐き捨てて自分の席に座る。

いや、それ得意げに言うことかよ。

ともあれ、今ここで糾弾してもやつはボロを出さないだろう。

というか、主犯であるかも怪しい。

正面からがダメなら陰湿な手段を取ったとして、バカみたいな証拠を残すタイプかといえばそうではないだろう。

「おはよー……って、何事？」

「ああ、おはようフィーア」

最後に俺と少しタイミングをずらしたフィーアが入ってきた。

クラスの雰囲気に、違和感を覚えたのだろう。

そして、俺のところ……というか、自分の席までやってきてそれに気付く。

「なにこれ……」

「いや、朝来たらこの通りだったんだ」

「……ちょっと！」

フィーアが鋭い視線をグオリエへ向けた。

グオリエは、それに対して視線を逸《そ》らす。

あいつ、まさかまだフィーアに対して体面を保てると思ってるのか？

「いや、いいよフィーア」

「でも……！」

憤怒《ふんぬ》するフィーアを押し止《とど》める。

ここで騒動を起こしても、問題は解決しない。

あと一分もしないうちにチャイムが鳴って教師がやってくる。

もちろん、教師は配慮してくれるだろうが、それはそれとして。

また、クラスの連中がグオリエに恐怖して空気が変わるかもしれない。

「朝会が始まる前になんとかするよ。この程度なら問題を起こすまでもない」

「へ……？」

俺は、杖《つえ》を抜いた。

クラスの連中がざわめく。

いよいよ俺がグオリエを攻撃するのではないかと思ったのだろう。

顔には「巻き込まれたくない」と書かれている。

「――樹木よ、芽吹け」

だが、俺のすることはそんな短絡的なことではない。

俺の詠唱によって、燃え尽きた机から木が芽吹いた。

ざわめくクラス、驚くフィーアにグオリエ。

そんな中、樹木はどんどん大きくなって、俺の腰辺りまで伸びる。

そして、

「形成」

俺がそう零すと、樹木は足元から削り落とされる。

やがて、そこには燃やされる前と変わらない、木でできた机と椅子が鎮座していた。

「もともと、机に荷物は入れてない。これで十分だ」

最後に、削り出した木片を風魔術でひとまとめにして、脇においておけば完成だ。

木片は後で掃除するとしよう。

教師だって、そのくらいは見なかったことにしてくれるはずだ。

「なっ……！」

クラスの連中が、驚愕《きょうがく》に顔を歪《ゆが》ませる。

それから、ちらりとグオリエを怯《おび》えたように見ていた。

まぁ、それに対しては知らん、としか言えないのだが……

グオリエは、顔を伏せていてその表情をうかがい知ることはできなかった。

□

「最悪だよ、何アレ！」

「まぁ、まぁ」

朝会が終われば、その後は講義の時間だ。

今は選択講義で、フィーアと二人で席を取って座っている。

まだ学生もまばら、講義が始まるまで時間がある。

「嫌がらせ自体は、想定できたことだ。今までは必要なかったからやってこなかっただけで」

「それにしても、だよ！　あんな方法ありえない！」

「アレでも、まだ軽いものだと思うけどな」

席を燃やされても、別の場所から持ってくればいい。

どこかに席を余らせている教室もあるだろう。

グオリエだって、あの程度のことで効果的な嫌がらせができるとは思っていまい。

まぁ、まさかその場で机と椅子を作り上げるとは思ってなかっただろうが。

「でも、ハイムくんのアレはすごかった。どういう魔術なの？」

「中級樹木魔術に、上級錬金魔術を重ねたんだ」

「……中級に上級を⁉　それも、別々の魔術を重ねるって……もっとすごいよね？」

「まぁ、俺ができる魔術のなかでも最高峰のものだったことは間違いない」

これ以上となると、上級に上級を重ねるしかない。

しかし、それができる魔術師は歴史上で見ても稀《まれ》だ。

俺も今はできない。まぁ、今は……だが。

「お父様ならできるかな……」

「できるかもな。あの方は魔術の天才って話だし」

できるとしたら、歴代のマギパステル王家のなかでも屈指の天才と謳《うた》われるフィオレデ
ア・マギパステル陛下くらいだろう。

「とりあえず、嫌がらせについては今後対策していくよ」

「気をつけてね」

正直、やつがこれから何をしてくるか読めない。

一体どこから攻めてくるやら。

「……あいつ、どうしてこんな嫌がらせするんだろ」

「いよいよグオリエをあいつ呼びか」

「だって……！　っていうか、その感じだとハイムくんは理解ってるの？」

「まぁな」

なんとなく、想像はつく。あいつは、直接的に俺を攻撃するつもりはないだろう。

正面からは格差がついてしまったから、自分が有利な状況で俺を貶《おとし》めるつもりのはずだ。

「――決闘だろうな」

「決闘……って、あの？」

「そう、その決闘」

この学園には、決闘というシステムがある。

魔術師同士の諍《いさか》いを、多少強引にでも収めるためのシステム。

魔術を用いた戦闘を専用の場所で行う。

これにより、死人を出さずに魔術の優劣を直接決められるのだ。

「決闘は、挑まれた側がルールを設定できる。グオリエは俺に決闘を挑ませたいんだ」

「自分に有利な条件で勝って……ってこと？　最低じゃん」

「だから、その誘いには乗らない。あいつは嫌がらせという手段に出た。いずれ行き過ぎた行動にでてボロを出すだろうから、それを待つ」

だからまぁ、要するに根比べになるだろう。

あいつがボロを出すくらい過激な嫌がらせをするようになるまで待つ。

いつも通り、受動的な選択だった。

□

それからというものの、グオリエの嫌がらせは続いた。

嫌がらせのパターンは主に二つ。

一つは学内にある俺の私物の破壊だ。

机の他にも、実習に使っている学園が貸し出している魔術杖が破壊されたり。

流石《さすが》に、それが予想できていれば学内に大事な私物を持ち込むことはしないものの。

身に着けていないものは、ことごとく破壊される憂き目《うきめ》にあった。

もう一つは、朝会でのクラスメイトが放つ俺への罵倒が悪化している。

これはそもそもクラスメイトが勝手にやっていることだろうが、グオリエの圧がそうさせているとも言えるだろう。

ともあれ、何を言われても今更連中への俺のイメージが変わることもないのだが。

とはいえ、仮にも平等を謳う学園の中で、俺にできる嫌がらせなんてたかが知れている。

正直、実害と言える実害もない。

これでいっそ、嫌がらせのために犯罪の一つにでも手を染めてくれれば、そのほうが楽なのだが。

問題と言える問題はグオリエのほうではなく——その嫌がらせに対して露骨にイライラをつのらせているフィーアのほうにあると言えるだろう。

俺たちは、人気《ひとけ》のない資料室で話をしていた。

いつものことながら、二人きりで話をするには最適な場所だな。

「もー！　みみっちすぎるよ、何なのあいつ！　あの筋肉はなんなの⁉　見せ筋《きん》⁉」

「見せ筋って……とにかく落ち着いてくれフィーア。グオリエも俺が動じてないとわかれば、手を打ってくるだろ」

「ハイムくんがよくても、私はやなの！　やーなの‼」

いいながら、ふくれっ面《つら》で足をバタバタさせている。

内容は真面目な話なのだが、なんだか子供っぽくて可愛《かわい》らしい。

「子供か？」

「子供だよ！」

まだ十五だよ⁉　とフィーア。

一応、平民ならその歳《とし》から働きに出るやつもいるけどな。

貴族にとっては、十五で学園に入り、卒業するまでが子供という扱いなんだろう。

いや、何を冷静に考察してるんだ。

むくーっと膨れているフィーアは可愛らしい。

ずっと見ていられるな。違う、そういう話でもない。

「とにかく！　何かしら対策を打たなくてはなりません！」

「対策、対策と言ってもなあ……」

「ハイムくんの私物を破壊している証拠を摑《つか》む！」

「魔術を使われると、いつどこで破壊したかもわからなくなるからな……難しい」

先日の座席焼失事件、グオリエは如何《いか》にも無関係ですよといった風に朝会《あさかい》が始まる直前にやってきたが。

魔術を使えば、いつ席を燃やしたかなんて関係ない。

「くそー、せめてこっちに嫌がらせしてきたら、直接やり返してやるのに」

「いやいや、やり返しちゃダメだろ。……フィーアに嫌がらせしてきたら？」

シュッシュ、とシャドーボクシングをするフィーアをなだめようとして、あることに引っかかる。

そういえば――グオリエの嫌がらせは、俺に対するものに限られているな？

「……あいつ、フィーアがいるところでは嫌がらせをしてこないのか？」

ふと、その事実に俺は気がついた。

「……そうなの？」

「考えてもみろ、俺に対して嫌がらせをするなら一番有効なのはいつだ？」

「え？　えーと……あ！」

俺の言葉に、フィーアも気がついたようだ。

そう、グオリエは嫌がらせをする絶好のタイミングがあるのに、何もしていない。

「私と一緒に雑用をしてる時だ！」

そう、ここ最近俺はフィーアと一緒に雑用をこなしている。

朝と放課後ほぼ毎日と言っていいほど、色々な雑用で学園を飛び回っている。

グオリエがそのことを把握していないとは思えない。

だったら、雑用の邪魔をすればいいのだ。

それこそ例えば「魔術用の的の処理」に嫌がらせするなら、学園の的という的を破壊して俺たちの仕事を増やせばいい。

もちろん、そんなことをすれば大きな問題になるだろうが。

やりようはいくらでもある。

「それをしないのは、まぁ二つ理由があるだろうな」

「一つは、それをやっても結局私とハイムくんが一緒にいる時間を増やすだけだから、だよね？」

結局のところは、それだ。

この雑用はやりたいからやっているだけのこと。

究極的には俺たちに見返りはない。強《し》いて言うなら、二人でいる時間こそが見返りなのだ。

だとすれば、それに嫌がらせをしても、むしろ俺たちに利することをしていることになる。

それは、グオリエの望むところではないだろう。

「まぁ、もし私がそんなことされたら、今以上に怒るだろうけどね！　ぷんぷんすこだろうけどね！」

「落ち着いてくれ」

顔がまるまると膨らんでしまっているから。

これはこれで可愛らしいけど。

「……それで？　もう一つの理由って？」

「それこそ、今まさにフィーアが言ったとおりだろう」

と、俺は二つ目の理由を挙げた。

しかしフィーアは、それに疑問符を浮かべて首を傾《かし》げた。

「どういうこと？」

「単純だ。グオリエはお前を怒らせたくないんだよ」

「……え？」

どうやら、すでに自分が怒りすぎていて、その可能性を考慮すらしていなかったようだ。

「そもそもグオリエが嫌がらせを始めたのは、俺とフィーアを引き離すためなんだから」

「……な、何のために？」

「……………フィーア？　もしかして気付いてなかったのか？」

いや、怒りすぎていてそれどころではない。

そもそもフィーアは、その事実に気付いてすらいないのか？

……初めてお前に同情したぞ、グオリエ。

「グオリエが、お前に惚《ほ》れてるからだ。だから近くにいる俺を攻撃してるんだ」

「……………………嘘《うそ》だぁ」

「何一つ身に覚えがないのか……」

まぁ、あの態度だから仕方がない。

思い返したら、同情する気持ちがさっぱり消えたぞ。

ともあれ。

「グオリエが雑用の時に嫌がらせをしないのは、フィーアがいるからだ」

「……じゃ、じゃあ」

ふと、その言葉にフィーアが何か思いついた様子でこっちを見る。

その眼《め》は、これまで見たことないほど力強く。

そしてどこか、浮ついていた。

というかもっと言えば。

鬼気迫るものがあった。

椅子にしていた資料室の机から飛び降り、俺の前に立ったフィーアはそして――

「わ、私と付き合っちゃえば、全部解決しない⁉」

なんて、

ことを、

いった。

「――」

「………」

お互いに、フィーアの言ったことを咀嚼《そしゃく》する沈黙が広がって。

そして、最初に沈黙を破ったのはフィーアのほうだった。

「あ、いや！　フリ！　付き合う……ふり！　彼女のふりをすれば！」

「彼女の……ふり？」

「そう！　私とハイムくんが、四六時中一緒にいても……違和感ない！」

その言葉に、俺は。

ようやくフィーアの意図を理解した。

「つまり……フィーアと俺が一緒にいれば、グオリエが嫌がらせをできない？」

「そういうこと！」

俺も、フィーアも、その時。

まったくもって冷静ではなかったと思う。

だから、そんなあまりにも青臭い作戦を完璧な作戦だと思ってしまった。

いや、実際それはやってみれば呆《あき》れるほど有効な作戦なのだけど。

それに伴って発生する、多大な羞恥という代償に意識を向けることができなかったのだ。

3　彼女ですから

それからというもの、フィーアは毎日のように俺と二人で行動するようになった。

もともと、予定が合う時は基本二人で行動していたが、今は更に凄《すご》い。

お互いに受ける講義が違う時は、先に終わったほうが相手の講義が行われている教室の前で相手を待ったり。

昼休憩に、移動すら一緒だったり。

登下校も、お互いの通学路が合流する場所で待ち合わせたり、別れるようになった。

とはいえ、そういった講義の合間合間や、放課後などの時間は前から一緒にいることが多かったわけだし、そこまで変化したわけではない。

一番大きな変化は、朝クラスに入る時間をずらさなくなったことか。

そうすることで大きかったのは、クラスの連中が俺を罵倒しなくなったこと。

単純な話、やつらにとって一番大きな感情はグオリエへの恐怖だ。

グオリエに睨《にら》まれることが怖いから、グオリエに同調しているだけ。

その次が、フィーアに嫌われたくないという感情だ。

フィーアはその人の好《よ》さもあって、連中にも好かれている。

まぁ、グオリエにしてもそうだが、その感情はもはや徹底的に手遅れなのだろうけど。

俺への嫌悪《けんお》感は、ぶっちゃけその二つに比べれば一段落ちるのだ。

なにせ、グオリエとフィーアはよくも悪くもクラスの中心。

対する俺は、自分たちより下の身分の平民。

どちらに精神的比重を置くかなど、考えるまでもないのだから。

グオリエはといえば、登校を俺たちより遅くするようになった。

そうすれば、クラスに二人で入ってくる俺たちを見ないで済むからだろう。

嫌がらせという嫌がらせも、止《や》んだ。

俺が嫌がらせを受けた現場に、フィーアが出くわしてしまう可能性が増えたからだろう。

これまでも、フィーアがその嫌がらせを認識していないわけがなかったが。

直接その場に居合わせるのと、後からやってきて認識するのとでは、印象も立場も大違いだ。

結果的に、俺とグオリエの根比べは、おそらく俺が勝利することになる。

そりゃそうだ。

そもそも、俺はコレまでも嫌がらせを受けてきた。

今更この程度で根負けすることもない。

加えて言えば、俺は学園で嫌がらせを受けて困るような生活をしていない。

失《な》くしてこまるようなものを学園に持ち込んでいないし。

そもそも、学園で俺がしていることは、魔術の勉強とフィーアとの付き合いだけだ。

前者を妨害するには、例えば俺が本を借りている図書館を襲撃したりする必要がある。

個人でできる嫌がらせの範疇《はんちゅう》を超えてしまう。

後者の妨害は、そもそもグオリエには取れない手段なのだから関係ない。

かくして、フィーアの対策がうまくハマり。

俺とフィーアが常に行動を共にするようになってから、嫌がらせという嫌がらせはされなくなり数日がたった。

作戦は大成功。

ただしそれは、俺とフィーアの間にある諸々《もろもろ》のぎこちなさを無視した場合の話だった。

□

「え、ええと」

「う、うん」

昼食を食べながら、俺たちは先程から相手に何を言えばいいのかわからなくなっている。

かれこれ、数日。俺とフィーアは恋人のフリをしていた。

とはいえそれを、誰かに明かしたりはしていない。

常に一緒に行動しているだけ。

それでも、俺とフィーアの関係を見て恋人ではないと思う人間がどれだけいるだろう。

数日前までも、俺たちは普通に親しく接していたのだからなおさらだ。

「ふぃ、フィーアのそれ……お、おいしいか？」

「お、おいしぃーよ？　うん、すっごくおいしい」

どこか上ずった調子で問いかける俺に、同じ調子で答えつつスプーンでカレーをすくって食べるフィーア。

緊張しっぱなしだが、その様子は露骨に浮ついていて幸せそうだ。

——これを見て、俺たちが付き合い始めて数日の恋人同士だと思わない人間がいるだろうか。

少なくとも、周りの視線はどこか微笑《ほほえ》ましいような、苦々しいような。

青臭い味のする視線に満ちていた。

——最初に恋人のフリをするうえで、心配だったのは本当に恋人らしく振る舞えるかというところだった。

あくまで、俺たちの関係はフリ、本当の恋人同士ではない。

それなのに恋人らしく振る舞うなんて、わざとらしさが出ないだろうか……と。

結論から言って、わざとらしくはあった。

でも、それはあまりにもわざとらしすぎて——というか、演技ができてなさすぎて。

逆に、それっぽくなってしまっていた。

その点は、完全な誤算だったと言える。

いや、誤算か? 冷静に考えれば、こうなることは最初からわかっていなかったか?

こほん。

「……とりあえず、だな」

「……はい」

ただまぁ、いい加減それも終わりにしていいのではないだろうか。

グオリエの嫌がらせをなんとかできた代わりに、俺たちが日常を日常として送れなくなってしまっている。

これでは本末転倒だ。

「そろそろ、いつもどおりに振る舞っても……いいんじゃないか？」

「で、でも……だって……意識すると冷静じゃいられなくって……」

「そ、それは俺もそうなんだが……」

とにかく、こう。

なんとかしなくてはならないという焦燥感が、今の俺を突き動かしている。

多分、フィーアもそうだ。

「だ、だったら！　こう……考えられる中で一番恥ずかしいことをしてしまいましょう！」

「え、ええ？」

「そうすれば、もう並大抵のことでは動じることはなくなる……はず！」

もっと断言してほしかった！

だが、現状俺たちがドギマギしているだけの時間が無限に過ぎていくのは、よくない。

いや、悪くはないんだけどよくもない、みたいな感じ。

だったら、何かしらやってみないことには始まらないだろう。

「とはいえ……方法は？」

「…………はい！」

言いながら、フィーアは最後の一口になったカレーを、こちらに向けてくる。

えっと……これは？

「わわわ、私の考えうる……一番恋人っぽいこと！」

「いわゆる……あれか」

「アレです」

いわゆる、あーん的なこと。

娯楽小説の類でしか見たことないような、最大級に恋人らしい行動。

でも、これは……

「…………えっこ」

「…………ああ」

「…………ど、どうぞ」

──確かに、過去最大級に恥ずかしい！

これを乗り越えれば、これ以上恥ずかしいことなんてないと思えるくらい。

俺たちは、完全に沈黙してしまった。

だが、これはまずい。

ただでさえ先日から付き合いたてのカップル的空気を醸《かも》し出している男女が、あーんなんていうバカみたいな行動に乗り出した。

注目を集めないわけがない。

つまり、この状況で停止してしまうほうが、俺たちにとっては恥ずかしい。

……やるしかない！

「ええい……」

「あっ……」

俺は、そのカレーを一口で食べた。

ピリッとした辛さが口に広がって……じゃない。

ふと、フィーアのほうを見る。

フィーアは——

「あ、あううう……」

顔を真っ赤にして硬直していた。

これまで散々この関係《恋人のフリ》を恥ずかしがってきたけれど。

最大級に、恥ずかしがっていた。

俺の知る限り、最も真っ赤なフィーアがそこにいた。

「……ええ、と」

スプーンから口を離して。

俺たちの間に気まずい沈黙が広がる。

フィーアはスプーンを置くと、俺が食事に使っていない手に、思わずといった調子で自分の手を重ねた。

お互いの緊張が伝わる。

それからしばらく、沈黙が続いて。

「こ、これで……もう、恥ずかしくないな？」

「……う、うん。今なら校舎の屋上で盛大に告白しても耐えられる気がする」

「そんな娯楽小説みたいなこと」

……今、まさにしましたね、俺たち。

そう考えて、言葉はそれ以上続かなかった。

ちらりと、視線を周囲に向ける。

俺たちに向いている視線は、あまりない。

あーんを完遂したことで、これ以上はないと感じたか。馬に蹴られる前に退散したか。

何にせよ、沈黙が広がってる間に、視線はどこかへ行ってしまったようだ。

少し冷静になると、俺の容姿はフィーアに対して釣り合いが取れているのか、とか。

フリとはいえあのステラフィア王女と恋人らしい関係を築くなんて、おこがましいのではないか、とか。

色々、考えてしまうわけだが。

「……考えてみれば」

「うん？」

「私たち……二人きりの時は、もっとすごい秘密を共有してるよ」

「それは……言い方が恥ずかしいが、そうだな」

「あっ」

どうやら、意識していなかったらしくフィーアが気付いてまた真っ赤になる。

とはいえフィーアが言う通り、俺たちは恋人のフリがどうのとか、そんな悩みが吹っ飛んでしまうくらい大きな秘密を共有している。

フィーアの正体という、とんでもない爆弾のような秘密を。

幸い、この国のトップであるフィオルディア陛下はそれを認めてくださっているものの。

それはあくまで、俺たちの関係が正常であり、秘密が露呈しないという前提でのものだ。

そんな俺たちが、こんな関係をずっと続けていたらフィオルディア陛下も呆《あき》れてしまうに違いない。

ちょうど先日、偶然学内で行き合ったストラ教授みたいに。

ほどほどにするように、とのこと。

まったくもって。

「とりあえず……もう、大丈夫そうか？」

「……うん、大丈夫」

というわけで、しばらくドギマギしっぱなしだったけれど。

これでようやく、俺たちは以前と同じように振る舞えるようになるのだった。

□

そして、ドギマギしなくなって早々に。

「うー！　やだやだやだー！」

「いやいやいや」

ワガママ放題な王女様が、今日もまたワガママを仰《おっしゃ》られた。

とても可愛《かわい》らしい。

だが、負けてはならない。

「これは対策、対策なんだよ！　だからもっと一緒にいるの！」

「これ以上一緒にいたら、フィーアが俺の部屋に来るか、俺が王城に向かうことになるだろ」

「ハイムくんのお部屋！　行きたい！」

今日一、フィーアの目が輝いた。

なんかもう、目がしいたけになったかのような感じの光り方だった。

これまでドギマギしすぎてたまりまくったワガママヂカラを爆発させるかのように。

「しまった、余計なことを言った」

失言だった。

フィーアは俺の手を掴《つか》みながら、なんとか俺を俺の部屋へと連れて行こうとしている。

自分ごと。

――何をしているかと言えば、今は下校中だ。

俺とフィーアの通学路は途中までは同じ道である。

だから、対策の一環としてその分岐路まで二人で帰るようになったわけだけど。

フィーアがもっと一緒にいたいと言いだしたのである。

「今日は用事もないんだよ!?　だったらハイムくんと一緒にいたい！　いたいいたいいたいいたいの！」

「……まぁ、そこまで言われると、俺も一緒にいたいけどさ」

「でしょー！」

「それはそれとして、俺の部屋はダメだ」

掃除もしてない部屋に異性を招けるほど、俺は面の皮が厚くないんだよ。

正直、部屋の八割が魔術本に覆われているつまらない部屋とはいえ、見せるにしてももう少し体裁《ていさい》は整えたい。

あと単純に恥ずかしい。

「……そうだ、ここからならアレだ、あそこに行こう」

「え、どこぉ？」

「──図書館だよ」

魔導学園附属図書館。

俺の、主な行動拠点とも言える場所だ。

附属図書館は、学園から少し離れた場所にある。

敷地《しきち》内から直接向かうこともできるが、この場所からなら、フィーアの帰り道を少し歩けば直接入口にたどり着くことができる。

というか、施設が王城と学園の間にあるのだ。

「この図書館はねー、王城からも入れるんだ！　文官の人たちとかがよく利用してるんだよ」

「フィーアは、図書館は利用するのか？」

「小さい頃は結構利用してたよ」

認識阻害魔術を覚えてすぐの頃は、結構入り浸っていたらしい。

その頃に、気になる本は概《おおむ》ね読んでしまったので、今は時たま立ち寄る程度とのこと。

まぁ何となくわかる。

好奇心旺盛で、新しいもの好きなフィーアのことだ。

入れるようになってすぐは、秘密基地感覚でよく訪れていたんだろう。

「そういえば、学生になってからは入ってないかも。学校生活、忙しかったからね」

「やること多いだろうしなぁ」

なんて話をしながら、図書館に入る。

──ふと、その時。

どこからか視線を感じたような気がした。

振り返っても、そこには誰もいなかったが。

□

附属図書館は、平民でも利用できるようになっている。
とはいえ、魔導学園自体が貴族の場所で、その附属図書館ともなればハードルは高い。
そこで、入口を分けることで棲《す》み分けを図った。
貴族は王城から、もしくは学園側から入ることになる。
俺たちが入った入口は、平民向けの入口というわけだ。
だからか、入口の側《そば》は結構人が多い。
家族連れや、暇そうな子どもたちが遊びに来ていたりする。
だからまぁ、学生服で入ってくると目立つわけだな。
結構な視線を俺たちは集めている。
ただ、その視線はどちらかというと好奇心によるものが多い。
単純に、俺とフィーアが貴族らしい貴族って感じではないからだろう。
貴族ってのは、どいつもこいつも派手な髪色が多いからな。
いや、違うか？
「ささ、あっち行こ、ハイムくん」
「お、おう」
そう言って、周囲の視線にたじろぐ俺をフィーアが引っ張る。

……これアレか？　カップルに対する視線か？

「もー、ハイムくんどうしてそんな緊張してるの？」

「周りの視線が、なんか俺たちを恋人とみなして見てる気がして」

「気にしすぎじゃない？　それに、カップルなんて結構いるでしょ？」

いや、貴族の男女は流石《さすが》に俺たちしかいないだろ。

とはいえ、入口の人が多いエリアさえ抜けてしまえば視線も少なくなる。

俺たちは、適当に図書館を回りながら話をすることにした。

無論、図書館なので周りの迷惑にならない程度の声量で、だ。

「平民向けの本は、娯楽小説と簡単な教養の本が多いね」

「そりゃ、平民向けに学術本とか置いてもしょうがないしな」

「まぁ、貴族向けの本にも娯楽小説は多いけどさ」

「娯楽小説は平民、貴族問わず愛好者が多いからな」

なにせ、娯楽小説は識字率の高いこの国で、特に人気のある娯楽だ。

他の趣味は金がかかりすぎるからな、観劇とか。

後、でかい街でしかやってないし。

本は辺境の村でも読むことができる。その上、文字の勉強にもなる。

一挙両得というやつだ。

「俺の故郷は、幸いそういう娯楽小説を多く読める環境だったからな」

「それで、魔術本以外に娯楽小説もいっぱい読んでるんだ」

適当に、見覚えのあるタイトルを手に取ってパラパラとめくる。

平民向けの娯楽小説は定番と呼ばれる名作が多い。

俺の手に取った本も、そういう一冊だった。

「フィーアは？」

「んー、私の場合はほら、移動中に読めるのが良かったんだよね」

なるほど、王女だから——というわけでもなく。

貴族なら、魔導馬車とかでの移動も多くなるだろう。

その間に読める本というのは格好の暇つぶしであり、教養の種だったわけだ。

「あー、これ懐《なつ》かしいな。昔いっぱい読んだ」

「ああ、その本は俺も好きだよ」

「えへへー、おそろいおそろい」

言いながら、俺の肩に頭を預けて、本をめくるフィーア。

やはり、気恥ずかしい。

俺の視線は、本と何もない場所を、行ったり来たりしていた。

そしてこの状況、知り合いに見られたら恥ずかしいな、とか思っていたら。

「あら」

「あ」

バッチリ見られた。

この図書館の司書さんだ。

当然、入り浸っている俺とは顔見知りである。

「ハイムくん、こんにちは。平民向けスペースにいるなんて珍しいわね」

「あ、ああ。今日はたまたまこっちの入口から入ってな」

「ふぅん……その子が原因？」

「ふぇ？」

美人な黒髪の女性司書だ。こっちを、楽しそうな目で見ている。

対するフィーアは、読書に集中していたのか、ようやく司書さんに気付いたようだ。

「へぁ、こんにちは」

「こんにちは。もしかして、ハイムくんの彼女さん？」

「ひゃひ！」

流石のフィーアも、俺に寄りかかりながら本を読んでいるのを見られるのは恥ずかしかったようだ。

ついでに、不意打ちだったのもあるだろう。

顔を真っ赤にしながら飛び上がった。

「あー、えっと、彼女は……」

「はい！　彼女のフィーア・カラットです！」

「あ、いやそういう彼女じゃなくて……」

「ふふ、見ればわかるわよ」

やばい。

これはアレだ。

バイト先のおばちゃんが姦《かしま》しくなってる時のアレだ。

「それにしても、ハイムくんにこんな可愛《かわい》い彼女ができるなんて。羨ましいわねぇ」

「ちょっと司書さん、あんまりからかわないでほしいんだけど……」

「あら、いいじゃない。ねぇねぇ、話を聞かせてちょうだい。ハイムくんのどこが好きなの？」

「え、ええっと……えへへ……」

くっ……俺がこういうのは気恥ずかしいと思うタイプなのを察して、フィーアのほうを攻めている！

「何聞いてるんだよ、仕事サボってする話じゃないよな⁉」

「まったく、ハイムくんは堅いわねぇ。フィーアちゃんだったっけ？　ちゃんともみほぐしてあげなきゃダメよ？」

「もみ⁉⁉⁉⁉」

ステイ、フィーアステイ。

声はなんとか迷惑にならない程度で済んでいるけれどもうなんというか、反応が騒がしい。

凄《すご》い勢いで顔を真っ赤にしながらパタパタしている。

「じゃあ、ゆっくりしていってね」

「……あんまりこっちをからかわないでくれ」

ともあれ、なんとか司書さんは満足してくれたらしい。

手を振って、その場を離れていった。

「……いやぁ、嵐のようだった」

「はわぁ……顔があっついよー」

二人して、なんとも気まずい雰囲気になる。

この空気のまま、静かな図書館で時間を過ごせというのは、何とも酷な話だ。

「えーっと、あー……」

「……これからどうしよっか、ハイムくん」

視線を合わせたり、外したり。

そういう時間が、しばらく過ぎていく。

それから、二人で無言のまま適当に手近な本を手に取ったりしていたのだが。

ふと、フィーアが難しい顔をしているのに気付いた。

「……フィーア？」

「むぅ……」

フィーアは、何かを考える素振りをしながら本を読んでいる。

本の装丁に覚えがある、ド定番の恋愛小説だったはずだ。

確か内容は……

「……ハイムくんって、ああいうお姉さんが好みなの？」

「え？」

ぽつりと、フィーアがそんなことを聞いてきた。

好み、好みか……いや、好みといっても……

「…………あんま意識したことないな」

「えっ？」

正直、女性の好みとか意識したことがあんまりなかったな。

幼い頃から魔術魔術で、他人を意識したこと自体があまりなかった。

一般的に、司書さんが美人のお姉さんであることはわかる。

だが、それを理由に彼女と仲良くなったわけではない。

というか。

「学園の学生、だいたいみんな見た目がいいからな」

貴族ってのは、どうにも顔がいい者が多い。

男女問わず、あのグオリエだって引き締まった肉体も相まって相貌は整っている。

俺のような、特徴と言える特徴のない平凡顔とは違うのだ。

「じゃ、じゃあ……私だったら、どう？」

「どうって……顔のことか？　美人だよな」

「んにゃぁーーーー！　素面《しらふ》でそれが言える⁉」

ひやぁー！　とフィーアは大層驚いていた。

正直俺にとっては、女性の美醜は正直そこまで興味のあるものではない。

ある程度容姿が整っている女性は、みんな美人だ。

学生になってから、どこを見渡しても見目麗《みめうるわ》しい貴族様しかいない環境で、目が慣れてしまったらしい。

「ハイムくんって……魔術以外はどうでもいい人？」

「娯楽小説も好きだぞ」

まぁ、他に趣味と言える趣味があるかといえば、ないが。

「む、むぅー、そう言われると、ハイムくんと司書さんが仲良くしててちょっとむくーってなった私がバカみたいじゃん」

「……まさか、嫉妬したのか？」

「し、嫉妬ぉ……⁉」

言いながら、勢いよく本を閉じるフィーア。

そういえば、本の内容は痴情のもつれで主人公が恋人に刺される話だったな。

こわ……

「ししし、しっとぉ⁉」

「お、落ち着けフィーア、図書館、図書館！」

「はっ……!」

静かにしなくてはならないことを思い出して、なんとか落ち着くフィーア。

こっちも、何気なく言ったことでフィーアがここまで動揺するとは思わなくて、少しドキドキしている。

「で、でも、思い返すと、ハイムくんと司書さんが仲良さそうだったんだもん」

「まぁ……頻繁に顔を合わせるからな」

主に、俺が毎日ここに来るせいで。

「しかし、そうか……嫉妬したのか……」

もともと、俺とフィーアが話をするのは年の離れた教師が多かった。

だから、フィーアのこういうところは、新鮮だ。

「だ、だって、私はハイムくんの――」

本を本棚に戻したフィーアは、ちらりと視線をこちらに向けながら。

「――彼女ですから!」

そう言って、俺の手を握る。

……また、気恥ずかしい空間が訪れる。
彼女、恋人。
恋人の、フリ。
俺たちは、グオリエの嫌がらせから逃れるために、恋人を名乗った。
それでも、フィーアが俺に嫉妬してくれるなら。
フィーアは誰にでも、優しくしてくれる少女だとしても。
俺に対する感情は、少しくらい特別だと自惚《うぬぼ》れてもいいのだろうか。

4　挑発

その気配は、結局俺たちが図書館から出てきてもなお、俺に視線を向けていた。
フィーアは気付いていないようだが、そりゃそうだろう。
やつの視線は俺だけに向いているのだから。
まぁ、フィーアに視線が向けられたとして、彼女がそれに気付けるかはわからないが。
わからないなら、それに越したことはないだろう。
「じゃあ、また明日ねハイムくん」

「ああ、また明日」

フィーアは、幸せそうに帰路へつく。

実際、今日の図書館での出来事は俺にとっても充実したものだった。

確かにそりゃあ気恥ずかしいものだけど、それがフィーアと一緒にいるから発生するものと考えれば。

俺は、間違いなく幸せものだ。

だから、フィーアの姿が見えなくなった後。


「出てこいよ、グオリエ」


俺は、そいつに呼びかけた。

グオリエ・バファルスキ。

目下俺が解決しなければならない、最大の課題。そして、フィーアを巡る恋敵でもある。

「平民風情《ふぜい》が、俺の名を気安く呼ぶな……！」

すでに、暗くなりはじめた空の下。図書館施設の脇から、そいつはすっと顔を出した。

「人は魔術の前に平等。ここは学園附属図書館の敷地《しきち》内だ。その規則は今も変わらないぞ」

「ふざけるな！　その愚弄、万死に値する！」

日もすっかり暮れたこの時間、すでに図書館から出てくる人はいない。

グオリエの叫びは、誰もいない図書館の入口に響き渡った。

「フィーアをその薄汚い手で汚《けが》すだけでは飽き足らず、貴族という品位にすら唾を吐く！もはや貴様は、生きている価値すらない！」

「だったらどうするんだよ、グオリエ。俺はお前の挑発には乗らないぞ」

グオリエがここに現れたのは、言うまでもなくしびれを切らしたから。

俺が挑発に乗らないどころか、フィーアを味方につけて自分を挑発してくるのだから、やつは怒り心頭だ。

まぁ、あくまでやつの視点では……だが。

どちらにせよ、もはやこの状況でやつがどんな嫌がらせをしてきても、俺はそれに動じることはない。

正直、今の俺の生活はこれまでの人生の中で、一番充実していた。

精神面でも、肉体面でも。

だからこそ、こそこそとこっちを見ているグオリエをこちらから呼び出すなんて真似《まね》をしたのだ。

フィーアが隣にいてくれると理解《わか》っているから。

フィーアと二人で、俺の最も大切な場所へやってくることができたから。

「ならば、乗らせるまでだ。俺は貴様から生きる価値を奪う」

「……何？」

グオリエは、もはやおかしくなっていた。

明らかにその様子は普通じゃない。

ここにくるまで、どれだけ精神的な負荷を溜め込んできたのか。

そもそも、俺たちが図書館に入ってから出てくるまで、数時間あった。

その間、ここで俺たちが出てくるのを待ち続けた時点で、正気じゃない。

だから、俺はやつが次に吐き出す言葉を予測しなければならなかった。

生きる価値を奪う。

その言葉の意味を。

「この図書館を、今から燃やす」

考えなくては、ならなかった。

　思わず、俺は問い返していた。

「狂っているのか⁉　そんなことすれば、お前は終わりだ」

「知ったことか！　もはや貴様に生存する資格はない。俺が認めない、俺が許可しない！故に燃やす！」

　一体、どれほど狂えばそんな馬鹿げた発言が飛び出すのか。

　俺にはわからない。

　何がやつをここまで追い詰めたのか？

　追い詰められたという事実が、やつの中で免罪符となってこんな理不尽なことをのたまっているのか？

　わからない、眼《め》の前の存在が、俺には到底理解できそうになかった。

「止《や》めてほしくば、決闘を申し込め！」

「決闘だと……？」

　グオリエが、俺を挑発し決闘を挑ませたいことは理解っていた。

　だからその発言自体に、疑問符を浮かべる理由はないのだが。

「そうだ。お前から決闘を申し込め！　俺はそれを受ける。そうすれば、この図書館は燃やさないでおいてやる！」

「…………」

考えるべきことは、幾つかあった。

グオリエの目的が、あくまで脅迫だというのなら。

この場でやつが本当に図書館を燃やす危険性は薄い。

そもそも、そんな度胸がやつにあるのかすら、俺にはわからない。

グオリエという個人を、俺は知ろうとしてこなかった。

必要がなかったのだから、当然だ。

「……どうして、そこまで決闘にこだわるんだ？」

「……なんだと？」

「図書館を人質に、一方的に俺を甚振《いたぶ》りたいならこの場でもできるだろ？　わざわざ決闘でなければならない理由は何だ？」

そうだ。

やつは図書館を燃やすという脅迫を、あくまで決闘を挑ませるための手段としか思っていない。

本命はあくまで決闘なのだ。

それには二つの意味がある。

一つは決闘を俺から挑ませ、グオリエがルールを決定すれば必ず自分が勝つと思っているということ。

そしてもう一つは、やつが異様なまでに決闘に対して執着しているということ。

「黙れぇ！　貴様はこの決闘を受けるか、図書館を燃やされるか選べばいいのだ！」

「歪《ゆが》んでいる、流石《さすが》におかしいぞ。そこまで決闘する理由を話したくないのに、決闘に執着するのは有り体《てい》に言って狂っている！」

「黙れと言っているのが、聞こえないのか！」

グオリエの手に、炎が生まれた。

上級火炎魔術。

ここで放てば、図書館が大変なことになる。

「貴様が決闘を挑まないのなら、この図書館を燃やし尽くすだけだ！」

「……！」

「貴様のような、才能をひけらかす排泄物《はいせつぶつ》も、その根源ももはや不要だ！」

やつは――才能という言葉を口にした。

そこに、歪んだ本音が垣間《かいま》見えた気がした。

だが、その直後。

「もはや何も要らぬ。俺が愛してやろうというのに、その寵愛《ちょうあい》を受け取らない雌犬も！」

「……‼」

「生まれてこなければよかったのだ！　俺を愛さない女など‼」

俺は、その言葉だけには、我慢ができなかった。

「挑む」

「……何？」

「決闘を挑む。だからその口を今すぐ閉じろ、三下貴族」

その発言が、どれだけ俺の理性から外れていたとしても。

愛する人を侮辱されて、否定されて。

そこで衝動に身を任せなかったら。

俺は一生後悔すると、そう思ってしまったのだ。

そしてグオリエは、それを聞くとそのまま去っていった。

俺の言葉に思うところはあったようだが、言質《げんち》を取った以上は長居無用ということか。

やつは笑っていた。
勝ちを確信しているのだ。
——正直、これまで見てきたグオリエという男の姿の中で。
その笑みは、最もやつという存在を端的に表しているように思えた。

4. 決闘

1　決闘

　翌日。

「──結局、決闘を申し込んじゃったの？」

「ああ……すまない。フィーアがアレだけダネリエを牽制《けんせい》してくれたのに……すべて無駄にして」

「ハイムくん、私怒ってます」

　俺が頭を下げると、フィーアはピシッと俺を指さして言った。

　そりゃそうだ。勝手なことをして、怒らないはずがない。

「気付いてるなら、一言私にも相談してほしかった」

「……ああ、軽率だった」

「次からは、お互いに困ったことがあったらちゃんと相談する。パートナーとしての決まり事、だよ」

「フィーアは厳しいな……理解ってる」

そう言って、顔を上げるとフィーアは満足そうに頷《うなず》く。

俺に対する怒りは、その満足で帳消しということ……らしい。

だが、フィーアの視線は未《いま》だ鋭いままだ。

「それと、私が本当に怒ってるのは、そっちじゃないから」

「……それは」

「グオリエ。あいつ、ほんっとうに許せない！」

いよいよもって、烈火のごとくフィーアは怒っている。

グオリエに対する怒り。

確かに、理不尽を前にした時の正義感こそ、フィーアの本質だろう。

「……俺は、正直グオリエを見誤っていた」

「どういうこと？」

「歪んだ愛だとしても、フィーアへの愛そのものは本物だと思ってたんだ」

かつて、俺がフィーアへの恋心を自覚したきっかけは、グオリエだった。

やつが本気でフィーアを自分の所有物だと思っているからこそ。

その歪んだ愛を疑わなかったからこそ、俺も自分の気持ちに気付けた。

それに、フィーアに対する嫌がらせはしてこなかった。

だから、フィーアへの愛だけは、偽りじゃないと思っていたのに。

「結局、やつはフィーアを否定した」

「そう……だね」

「その時、俺にはやつがフィーアへの愛を、なにか別のものに対する代償行為にしているように思えたんだ」

うまく言葉にはできないが。

やつの口には俺やフィーアに対する屈折した感情がある。

その原因が何かまでは知ったことではないが、フィーアを愛し俺を嫌うことが。

本人の中にあるなにかへの思いを紛らわせるためのものに思えてならなかった。

「……とにかく、これから俺はグオリエと決闘でケリをつける。まずはそこからだ」

「うん……そうだね」

そうして俺たちは、いつもどおりの時間に学園へやってきた。

決闘というイベントがあるとしても、日常は続いている。

まずは眼の前の雑用を片付けることにしよう。

□

朝、グオリエはクラスに姿を見せなかった。

俺たちは日常を送っていたが、やつはそれどころではなかったということだろうか。

ともあれ、変化があったのは昼休憩前のことだ。

「ハイム、少しいいか？」

「はい？　ええ、問題なく」

教師が声をかけてきた。俺たちのクラスを受け持っている教師で、実習の教官でもある。

ちょうど、フィーアと学食へ向かうところだった。

昼休憩なんてフィーアと昼食を取るか、一人で読書をするくらいしかやることはない。

「グオリエと決闘をするそうじゃないか」

「ええ」

「色々と言いたいことはあるんだが、決闘の内容と日程を告知しに来た」

「……どんなのですか？」

フィーアが、耐えきれなくなった様子で聞く。

この場で俺たちの決闘に一番興味を持っているのは、フィーアかもしれない。

「まず、決闘の日時は明日の放課後。場所はいつも我々が実習で使っている修練場」

「特に不思議なところはないね」

「決闘の方法は——移動禁止の魔術戦……だそうだ」

「移動禁止……」

魔術戦、つまり魔術の撃ち合いだけで戦闘を行う決闘方法。

実戦ではないので、魔導学園の決闘だけで見られるスタイルだ。

ただ戦闘の得意な魔術師も、そうでない魔術師もある程度対等に戦えるため、魔導学園では比較的ポピュラーな方法ではある。

移動禁止、というのは更にそれを突き詰めたルール。

一歩もその場から動いてはならず、動いた時点で負けとなる。

すなわち、魔術に当たった時点でほぼ負けが確定する。

「……思ったより、シンプルなルールだね」

「そうだな。でも、グオリエはこの決闘に必勝を確信している。そう考えると、シンプルなほうが厄介なんだ」

「どういうこと？」

「できることが限られるからだよ」

ようは、俺の行動を制限しやすい。

その場に留《とど》まって、魔術を撃つという行動しか取ることができないのだ。

だから、そこにあらかじめ細工をしてしまえば、細工をした側が圧倒的に有利だ。

「……私も、正直今回の決闘には賛同しかねる」

「まぁ、それはそうですよね、先生」

うんうんと頷くフィーア。

「というよりも、移動禁止の魔術戦は一般的には欠陥ルールだ」

「欠陥？」

「貴族の位が高いほうが勝つという鉄則のあるルールでな」

行動が制限されることにより、お互いの細工で勝敗が決まる場合。

どう考えても、貴族の位が高い——つまり、金持ちな貴族のほうが有利だ。

それだけ準備に金をかけられるんだから。

「グオリエが、このルールで必勝を確信しているくらい、ハイムとグオリエの家格はあまりにも違う」

「そんな……」

「はっきり言う。いくらハイムが特待生でも、このルールでは勝ち目はないぞ」

教師ははっきりと、俺に向かって断言した。

「――問題ない。続きをお願いしてもよろしいでしょうか」

「ハイムくん？」

だが、断言されても俺の考えは変わらない。

決闘を挑んだ以上、それに勝つ。その方針を変えるつもりはない。

「……理解《わか》った。では次に、決闘での要求についてだ」

「ええ」

「フィーア・カラットには金輪際関わらないこと」

「……やっぱり、そう要求してくるんだ！」

フィーアが、怒りを覚えたのか視線を鋭くする。

ここにはいないグオリエを、睨《にら》みつけているようだ。

「要求の内容は、俺も同じで構いません。決闘の内容も、同じく」

「自分に関わらないことを、決闘の要求に盛り込まなくていいのか？」

「それは、もしこの決闘が終わってもグオリエが俺にちょっかいをかけてくるようなら、その時に決闘をして要求すればいいので」

この決闘は、俺とグオリエの上下関係を決定的にすることが主題。

俺が負ければ、言うに及ばず。

このルールで俺が勝てば、グオリエは絶対に俺には勝てないと証明することになる。

もう、やつのプライドが俺と関わることを許さないだろう。

そうでなくとも、もし今回俺が勝つなら、次も勝つだけだ。

その時に、新しく俺に関わるなという要求を通せばいい。

「相わかった。決闘はここに成立した。立会人は私が務める。何か質問はあるか」

「何も」

「では、明日修練場で。……気をつけろよ、ハイム」

教師は、あくまで俺の肩を持ってくれていた。

でなければ、ここまで親身に言葉をかけてはくれないだろう。

そのうえで、当日彼は立会人を務めることになる。

その時は、公平な判断をしなくてはならない。言外に、そう告げていた。

「……ふぅ、いよいよ決闘かぁ」

「なんか悪いな、色々とヤキモキさせちまって」

「ううん。ハイムくんが決めたことだもん。私はそれを受け入れるよ」

受け入れたうえで、フィーアはそれでも不安だと顔に影を落とす。

……こういう顔をさせてしまう時点で、俺はそもそも間違ってるんだろうな。

「それに……いつかはこうなってたよ。私も、ハイムくんも……あいつだって、こういう形に落ち着くのはわかりきった性格だった」

「フィーア……」

「……だから、少し自分が情けないんだ。私、お父様からハイムくんを守るよう言われてたのに」

常に俺の隣にいること。

それがフィーアなりの、俺を守るという行動だった。

それを無駄にしてしまったのは、やはり俺だ。

あの時、フィーアをバカにされたことで、感情に身を任せたことを後悔しそうになる。

「でも、問題ない」

「というと？」

——しかし、そう告げたフィーアの顔は、またいつもどおりの元気な彼女の笑顔に戻っていた。

「だってハイムくんは勝つもん、だから問題ない！　私が保証します！」

それは、信頼だ。

フィーアが俺に向けた。

俺が、絶対に守らなくちゃいけないもの。

□

次の日、俺がやってくるとグオリエはすでにクラスにいた。

こちらに目を向けることもなく、ただそこにいる。

異様な雰囲気に包まれているのは、それに圧倒されている連中だ。

クラスメイトたちが、恐怖と侮蔑を綯《な》い交《ま》ぜにした感情をこちらに向けている。

こいつらの感情の経緯は理解できる。

クラスメイトは、そもそも俺とグオリエの確執に決着などついてほしくなかったのだ。

この決闘、グオリエが勝てば俺というグオリエの攻撃対象がいなくなる。

そうなった時、次に自分が攻撃対象となることを連中は恐れているのだ。

そして、俺が勝てば言うまでもなく、グオリエという自分たちが俺を攻撃することを許していた免罪符がいなくなってしまう。

どちらにせよ、この決闘はクラスメイトにとって何の利益もない。

だからグオリエに恐怖するし、その恐怖を俺への侮蔑という形で発散しようと逃避する。

そんな異様な空気の中で朝会《あさかい》は進行し、一日が始まった。

なお、フィーアは努めていつも通りに振る舞っていた。

「何とも言えない空気だったな」

「……私、正直ちょっと怖かったよ、朝のクラスの空気」

昼休憩、二人でそんなことを話していた。

自分に向けられたものではないとしても、あの場所を支配していた空気はそのすべてが悪意に満ちていた。

フィーアにとって、居心地がいいはずはないだろう。

「……今日、全部が終わるんだね」

「ああ、クラスの連中が俺を侮蔑するのも、グオリエが俺を攻撃するのもこれが最後だ」

その日は珍しく、食事中の会話はほとんどなく。

内容も言うまでもないが、すべて放課後の決闘にまつわるものだった。

時間は、あっという間に過ぎていく。

決闘というのは、学園においてもレアなイベントだ。

いくら、魔術という他人を容易に攻撃できる武器を持っていたとしても。

学生同士の争いで、決闘という戦いの舞台が必要になることは少ない。

所詮は子ども同士の諍《いさか》い。教師が立ち会ってまで力で優劣を決めるなどスマートではないのだ。

なにより、貴族の学生にとって決闘とは非常に重要で、大きな意味を持つ行為。

古来、譲れぬ者同士が譲れぬものを賭けて戦う様は、貴族にとって憧れとも言える光景だ。

その分、もしも決闘という手段に打って出る場合。

自分がその憧れに相応《ふさわ》しいかどうか、考慮しなければならない。

何が言いたいかといえば、決闘は貴族にとって注目を集めるイベントであり。

俺とグオリエの決闘にも、それ相応の観客が詰めかけているということだ。

俺は、決闘に指定された時間に則《のっと》って、早めに会場へやってきた。

だというのに、周囲にはすでに人だかりができていて、下手をすると隣のフィーアと離れ離れになってしまいそうだ。

少し気恥ずかしさはあるものの、フィーアの手を取ると俺は人混みの中に入っていく。

「ひゃあう」

「は、恥ずかしそうにしないでくれるか？」

俺まで恥ずかしく感じてしまう。

ただでさえ、これだけの人だかりができた場所で、俺はこれからフィーアを巡ってグオリエと決闘をするのだから。

なんとも娯楽小説のような、如何《いか》にもという決闘の理由。

彼らがここまで注目をする理由は、決闘を行う理由が痴情のもつれだからというのもあるだろう。

人の恋路というのは、いつだって話の種になるものだ。

今日みたいな、眼《め》の前のそれがフィクションではないかと疑いたくなるくらい、因縁が絡《から》み合った決闘であれば、なおさら。

「……の割には、みんな全然ハイムくんに気付かないね」

「俺の顔を知らないんだから、当然だろ。今ここにいる連中にとって、俺とフィーアはどこにでもいる学生の一人に過ぎないよ」

ようするに、俺とフィーアの容姿は目立たないのだ。

もちろんフィーアは、見目麗《みめうるわ》しい少女だが。

フィーア・カラットの髪色は、決して目立つものではない。

ステラフィア王女の場合はまた別として。

俺は人混みをかき分け、立会人の教師を見つけた。

声を掛けると、すぐに舞台へ上がることを許される。

いよいよ、決闘が始まるのだ。

「――アレが、今日の決闘に挑む学生？」

「変だな、全然そんなふうには見えない。アレじゃバファルスキ家の子息と戦えるとは思えないぞ」

舞台の上に立った俺へ、様々な言葉が向けられる。

その多くは、本当に俺がこれからグオリエと決闘するのかという疑問に満ちたものだ。

「彼が戦うのは、上級貴族バファルスキ家の次男坊だ。長男ほど才能に恵まれていないとは言え、攻撃魔術の実力と、風貌の厳《いか》つさは折り紙付き」

「……どう考えても、勝ち目はないよな」

彼らには、俺が普通の学生に見えているだろう。

ぶっちゃけ、自分が特別な存在とは思えないくらい普通の顔をしていることは俺だって理解《わか》っている。

とはいえ、ここは魔導学園。

そもそも、見た目がどれだけヒョロくたって、魔術師としての実力さえあれば相手を打ち負かすことはできるのだから。

なんて、考えていると。

——しばらくして、グオリエはやってきた。

決闘の開始時刻直前。

敵意に満ちた顔で、やつは俺を見た。

周囲の視線が、一斉に俺とグオリエに向けられる。

好奇の視線。

結局のところ、この場に集まった学生の中で、俺とグオリエのことを知っているものはほとんどいない。

グオリエに対する認識はバファルスキ家の子息というものだし、俺に対する認識は地味な印象の見知らぬ学生というものだ。

俺が特待生だということを知る人間は、僅《わず》かばかりのクラスメイトを除いて、この場にはいないだろう。

それがごくごく自然な認識なのだから、どちらかに肩入れするという気配はない。

あくまで他人事《ひとごと》の、ちょっとした見世物《みせもの》としか考えていないだろう。

実際、この決闘の勝敗が彼らに影響することはないのだから、これは純粋な見世物と言って差し支えはないのである。

クラスの連中は、ほとんどこの場にいない。

怖いのだ、この決闘の結果を見届けるのが。

グオリエが必勝するとしても、そもそもグオリエが勝つことだって彼らは望んでいないのだから。

「では、これより決闘を開始する。事前に通達した通り、この決闘は移動禁止の魔術戦によって行われる」

俺たちが揃《そろ》ったことで、立会人である教師がそう告げる。

ガヤガヤと、見物人たちが騒がしくなった。

「移動禁止の魔術戦ってなんだ？」

「移動したら負けというルールで、魔術の撃ち合いだけで決闘をするんだ」

そもそも、決闘自体が珍しい行為なのだから、移動禁止の魔術戦について知らない者がいるのも当然だ。

むしろ、知っている者がいることのほうが驚きである。

「ってことは、バファルスキ家の子息が圧倒的に有利だな。どういうつもりであの学生は決闘を挑んだんだ？」

「わからない、なにかやむにやまれぬ事情でもあるのだろうか」

と、思ったが。

貴族にとって決闘とは重要なイベントだ。

知っている者も普通にいるのだろう。

「では、改めてこの決闘における互いの要求を確認する！」

「ああ」

「ええ……え？」

いやちょっと待て？

普通に頷《うなず》いてしまったが、それは少し不味《まず》くないか？

だってアレだぞ、俺たちがこの決闘で要求する内容って、つまるところ。

「双方の要求は、互いに〝フィーア・カラットには金輪際関わらないこと〟である。相違はないか！」

「相違ない」

「……そ、相違ない」

俺は少し小声で返した。

だが、普通に教師には伝わる声量だし、そもそも教師が要求を確認した時点で手遅れだ。

「す、すげぇ……色恋沙汰だ。色恋沙汰で決闘してるぞあいつら！」

「あいつらが要求に上げたフィーアって誰だ？　カラットなんて家名聞いたことないぞ」

周囲の喧騒《けんそう》は最高潮に達している。

俺は、せめてフィーアがここにいることがバレないよう、彼女を視界に収めないよう努めた。

が、グオリエがばっちりフィーアのほうを見ていたことで、それは無駄に終わってしまった。

おのれグオリエ……

周囲の視線が、一斉にフィーアへ向いたことを俺は悟った。

結果、俺もちらりとフィーアのほうを見てしまう。

顔を真っ赤にして、わたわたしているフィーアがそこにいた。

やはりフィーアは可愛《かわい》いな……

ともあれ。

視線が合ったら涙目でこちらを睨《にら》んできたことで、視線は俺に向けられてしまった。

　クソ、余計なことをした！　後で何と言われるか理解ったものではないぞ、これは。

「想像だが、決闘を挑んだのはあの地味な学生だろう。上級貴族であるバファルスキ家が彼女を狙っているとなると、たとえどれだけ不利でも決闘で白黒つけるしかなかったんだ」

「決闘は、貴族の格を無視して要求を通す唯一の方法だからな……」

　冷静に分析しないでくれ！　だいたい当たってるから！

　そんな、大分恥ずかしさでどうにかなってしまいそうな思考と、空気。

　それが――

「黙れ！」

　グオリエの咆哮《ほうこう》で、シン……と静まり返った。

「もう一度言っておく、おこぼれ」

　俺を指差し、憤怒《ふんぬ》に満ちた声音を高らかに響かせる。

　見物人たちの浮ついた空気と、〝グオリエが彼女を狙っている〟という発言に心底怒りを覚えているのだろう。

「貴様に、フィーアと言葉を交わす権利などない。そも、彼女の前にいる価値すらお前にはないのだ」

静まり返った会場に、グオリエの罵声が響く。

「貴様が囀《さえず》ることが無駄だ、呼吸することが無価値だ、生きることが無意味だ。存在そのものが間違っているのだ」

「………」

「――そんなお前にも、決闘という慈悲が与えられている」

それは、あまりにも身勝手な発言だ。

「無様にも俺にすがりつき、決闘の許しを請い、惨《みじ》めにも慈悲を与えられただけの貴様が、ここに立っていることは不敬である。今すぐ命乞《こ》いをし、そして負けを認めろ。そうすれば、この学園ではないどこかで、家畜のごとく生存する権利だけは認めよう」

「……お前、それは」

――グオリエは、俺を挑発していた。

どこまでもふざけたその発言は、事実とは何一つ合致していない。

そもそも決闘を挑ませたのはグオリエだ。

図書館に火をつけるという、とんでもない脅迫で。

だが、結果として俺はその脅迫を受けて、決闘を挑んだ。

実際のところはフィーアを愚弄するグオリエが許せなかったからだが、会話のうえでの事実はそうだ。

それを、俺がやつの挑発に乗ってここで指摘したとして、証拠がない。

だからグオリエはすっとぼけるだろう。

そして、そんなでまかせを言う俺を責め、決闘でねじ伏せる。

そうすることで俺の主張を有耶無耶《うやむや》にするつもりなのだ。

なるほど、怒り心頭の様子だが、その程度の悪知恵は働くようだ。

もちろんそれに乗るつもりはない。

「……いや、いい。さっさと決闘を始めよう」

「ふん」

「……コホン、それでは両者、準備はいいか」

教師が問う。

咳払《せきばら》いは、これまで幾度となく俺を罵倒するグオリエを見てきたが、今日は特別強烈だったが故だろう。

俺もグオリエも、準備はできていると首肯する。

「では……はじめ！」

かくして、決闘は始まった。

□

すでに何度も言った通り、移動禁止の魔術戦は事前準備が物を言う。

なにせ移動ができず、ただ魔術を撃ち合うだけだ。

魔術の発動速度と、威力がすべての戦闘方法である。

そしてそれは、事前の準備で容易に優劣が変わる程度の差にしかならない。

例えば――

「業火《ごうか》よ、逆巻け！」

俺が上級火炎魔術を行使する。

まずは小手調べ、という意味もあるが……グオリエの〝準備〟を確かめるためでもある。

対するグオリエは、何もしなかった。

俺が飛ばした攻撃魔術を――生身で受ける。

「いくら決闘とはいえ、上級攻撃魔術を生身で受けた!?」

見物人が、驚きに叫ぶ。

決闘は、とある特殊な結界の中で行われる。

その結界の中では、どれだけ致命的な傷を受ける攻撃であっても、死なない程度の衝撃に変換される特性がある。
これにより、決闘の最中はどんな魔術を使っても相手を殺すことはないのだが。
上級攻撃魔術は、一撃で人を容易に消し炭にできる。
それを死なないと理解《わか》っていても、正面から受けられる人間はそういないだろう。
たとえ——
「ふん、この程度か？」
——その攻撃が、自分に当たることはないと理解っていても、だ。
この一点は、間違いなくグオリエのほうが優れている部分だな。
度胸だけはある。
「魔導防護コートだな」
「その名を知っている程度の教養があったか。おこぼれの猿にしては上出来だ」
魔導防護コート。
魔術を受けてもダメージを受けない障壁を生み出す加工がされたコートだ。
今グオリエが纏《まと》っている学生服は、その加工がされている。
その効果は、見ての通り上級攻撃魔術すらも、無効化してしまう性能。
言うまでもなくとんでもない高級品で、それを用意できるのは上級貴族と王族だけと言われている。

まぁ、つまり実はフィーアも用意することはできるわけだが。

必要ないので、特に頼んではいない。

ともあれ、やつは俺に必勝を確信しているわけだから、あの魔導防護コートは下級魔術の上級化も問題なく無効化できるのだろう。

上級攻撃魔術を防げると確認できた時点で、その先も当然可能だろうという前提で進める。

「この通り、貴様の魔術では俺を崩すことはできん。それを理解してしまった愚かさを呪うがいい」

「………………」

「故に、慈悲をやろう。俺の魔術のもとに地を舐《な》める慈悲を！」

そして、俺が魔術を使った後は、グオリエが反撃する番だ。

高らかにやつは杖《つえ》――細身の剣を模したもの――を掲げる。

「火よ、燃えろ！」

下級火炎魔術。

仮にも俺が上級火炎魔術を使った後に放つには、あまりにも力不足なはずの魔術。

しかし、その詠唱と共に生み出された炎は――明らかに、俺の上級火炎魔術の炎よりも大きなものだった。

下級でありながら上級以上の火力を持たせる魔術。

原因はあの杖だ。

周囲のマナを強引に取り込み、威力を強化している。

収奪の杖と一般に呼ばれるそれは、魔術師によっては忌《い》み嫌《きら》う者もいる。

マナは自然の恵みだ、それを必要以上に浪費する行為を嫌うというのは間違った心情ではないだろう。

とはいえ、実際にはマナというのは無限に湧いて出るもので、消費することでマナはその役割を全うするわけだが。

その話は長くなるので、今はやめておこう。

とにかく、こういう決闘の場で持ち出すことを厭《いと》う者もいるという話。

「魔導防護コートはわかるけど、収奪の杖はやりすぎだろ！」

「そこまでして勝ちたいのかよ、相手は自分より格下だぞ？」

そんな見物人たちの声は、しかし迫りくる業火によってかき消される。

やりすぎ、というのは一般的な見方だが。

それでもルールからは逸脱していない。

勝ったものが偉い、決闘の大前提はグオリエに味方している。

――そして、火炎は俺に着弾した。

「ハイムくん！」

フィーアが叫ぶ、見物人の視線が一斉にフィーアへ向かうわけだが。

心配がそれを上回れば、フィーアは俺の名を呼ぶだろう。

ともあれ、

「問題ない、フィーア」

やりすぎという見物人の声も。

フィーアの心配も。

勝ちを確信したグオリエも。

俺が無事なら、仔細《しさい》ないことだ。

「な――なぜまだ立っている！」

「わからないなら、もう一度魔術を使えばいい」

「く……！　業火よ、逆巻け！」

グオリエの絶叫めいた詠唱の後、それは出現した。

白熱した、光のような炎の塊。

その場にいる誰もが目を見張るような、死の炎。

「収奪の杖で上級火炎魔術を⁉　学園を更地にするつもりかよ！」

「っていうか、いくら防御結界が張ってあっても、無事でいられるのか⁉」

がやがやと、騒がしくなる見物人。

これを見ている自分たちすら無事でいられるのかどうか、彼らは不安になっている。

「先生、あれは流石《さすが》にまずいんじゃないですか⁉」

「あ、ああ！　やめろグオリエ。それ以上に危険すぎる！」

フィーアと立会人の教師も、グオリエの蛮行を止めようとしている。

学園を更地にするという見物人の言葉は、間違いではないのだ。

だが、

「うるさい、黙れ！　もう遅い、もう遅いのだ、何もかも！」

グオリエは、狂気に満ちた顔で叫んだ。

「もはやこの魔術は俺の制御を離れた。誰にも止めることはできん！」

その言葉に、俺に向かって動き出す炎に。

「に、逃げろ――！」

見物人は恐慌《きょうこう》状態に陥る。

しかし。

「──問題ない」

俺は、あくまでそれを正面から見据え、そう言って。

杖を構えた。

「は、ハイムくん……？」

「大丈夫だ、フィーア。でも、守りやすいから叶《かな》うことなら俺の後ろにいてほしい」

安心させるように、そう言って。

俺は、ある魔術を放つ。

「魔よ、鎮まれ」

それは、迫りくる白い光を。

まるで、最初からなかったかのように消し飛ばした。

「な、あ──」

周囲が困惑している。

そんな中、俺は今自分がしたことについて考えを巡らせる。

下級魔術の上級化は、未《いま》だその原理が解明されていない。

だが、有力な仮説がないわけではないのだ。

曰《いわ》く、魔術とはマナを込めた風船のようなものだという。

風船の中には、魔術を発動するためのマナが詰め込まれており、マナが規定量を上回ると、風船が破裂してしまう。

そうすると、魔術は発動せずマナも霧散する。

魔術の制御とは、風船を割らずにマナを中に詰め込む技術と言える。

そこで、下級魔術の風船を作り、上級魔術を中に詰め込むと不思議なことに、入ってしまうのだ。

上級魔術が。

風船の大きさは下級魔術と同じだから、消費するマナも同じ。

なのに威力や効果が段違いにアップする。

不思議なことがあったものだ。

なお、仮説というのはそれではない。

これと似たような現象を、別の魔術で起こすことができるのだ。

それこそ、マナの霧散。

霧散魔術と呼ばれるそれは、魔術で作られた風船の中に、適切に加工したマナを送り込むことで、風船の中でマナとマナを対消滅するように霧散させる魔術だ。

これの要点は、魔術はマナを加工することで行使されるわけだが、特定の加工したマナに別の特定の加工したマナをぶつけると、それらが反発し合って消えてしまうということ。

同じことが、下級魔術の上級化で行われているのではないか、という仮説だ。

長々と話したが、先程俺がやってみせたのは、その霧散魔術というもの。

収奪の杖で強化した魔術は、結局のところマナを余計に浪費し威力を上げただけの同じ魔術に過ぎない。

霧散魔術が使えれば、打ち消すことは容易だ。

「――ふざけるな、こんなことがあってたまるか！　この威力、貴様の操る下級魔術の上級化よりも更なる高さを誇るのだぞ⁉」

グオリエが怒りを顕《あらわ》にする。

やつは俺の使う魔術よりも、威力の高い魔術を用意することで、魔術同士のぶつけ合いで絶対に勝利するつもりだった。

それが崩れたのだから、狼狽《うろた》えるなというのも無理な話。

そして、一つ勘違いしているが、俺が使える魔術の限界は下級魔術の上級化ではないぞ。

中級魔術の上級化だ。

そして中級魔術を上級化した際の威力は、先程の収奪の杖を用いた上級火炎魔術の威力を上回る。

まぁ、だからこそ威力が高すぎて決闘では使えないわけだが。

「……だが、そんなふざけたマネをそう何度もできるものか！」

そう言って、グオリエは杖を掲げた。

珍しく、グオリエは冴《さ》えている。

霧散魔術は、そう何度も使えるものではない。

魔術の中でも特に制御が難しいからだ。

だから、上級火炎魔術を無数に連打されたら、俺は少し困る。

だが。

「――業火《ごうか》よ、逆巻け！」

その詠唱に、反応するマナはない。

先程の上級火炎魔術を放ったために、収奪の杖がマナを吸い集めた結果――グオリエの周囲に漂っていたマナが枯渇《こかつ》したのである。

いわゆるそれは、詰みというやつだ。

「クソクソクソ！　なぜだ、なぜ応えない！　俺の命が聞けないのか⁉」

――グオリエの叫びが、静まり返った決闘の場に響く。

気がつけば、周囲の見物人たちの、グオリエを見る目は冷たいものになっていた。

なにせ、開口一番。

俺を愚弄し、自分の印象を悪化させたのだ。

そこから更に、やつは愚行に愚行を重ね、見物人たちからの評価をその都度下げていった。

そして最後。

グオリエは詰んだ。

周囲にマナのない魔術師は、もはや魔術師とは言えない。

魔術師の戦いにおいて、最も基本とされることは、マナを尽きさせないこと。

それを怠った時点で、感情的にも、道理の上でも、見物人たちがグオリエに味方することはない。

「ふざけるな！　俺はグオリエ・バファルスキだぞ⁉　上級貴族バファルスキ家の人間だぞ⁉　それを……こんな！　バカにしているのか⁉」

そして、周囲に当たり散らすことで、その評価は更に下がっていく。

もはやこの場に、彼の味方はいないだろう。

だが、

「……いや、まだだ」

グオリエは、それでもまだ諦めていない。

「たとえマナを枯渇させたとして、俺には魔導防護コートがある。この護《まも》りを突破されなければ、いずれマナはこの場に戻る。そのまま俺は、貴様を縊《くび》り殺してやるのだ……！」

「グオリエ……」

あまりにも、醜い宣誓だった。

確かにやつの言っていることは間違っていない。

やつは、俺の使える魔術をすべて封殺するつもりで、あのコートを用意しているだろう。

そのうえで、それを口に出してしまう品性は疑わしいと見物人たちが思っているだけで。

「悪いが、そもそもお前が魔導防護コートを持ち込むことは読めてたんだよ」

「何……？」

というよりも、移動禁止の魔術戦を持ちかける以上、上級貴族ならもちろんそれを用意するだろうと俺は思っていた。

だから、それに対する準備も当然してきたわけだ。

「魔導防護コートの原理は、基本的に魔術だ。どれだけ高度だろうと、限界はある。故に――」

やることは、先程と何一つ変わらない。

「――魔よ、切り拓《ひら》け」

霧散魔術だ。

それも、先程のものとは少し違う。

この霧散魔術は、上級魔術だ。

制御の難易度は、段違いである。

「やめろ‼」

危険を感じ取ったのか、グオリエは制止する。

だが、もう遅い。

放たれた魔術は、一気に魔導防護コートに使われていたマナを一掃する。

「な、あ、クソ――――！」

もはや、グオリエに俺を止める手段はない。

たとえあったとしても、俺はそのすべてに対応するだろう。

故に。

「これで終わりだ、グオリエ」

「……っ!!」

俺の勝利宣言に、グオリエは一瞬だけ意識を外界に向ける。

そして、

「………終わるのは、貴様だ!!」

直後。

杖《つえ》を構えたグオリエが叫ぶと同時。

俺の足元が、すっぽりと消えてなくなった。

極論、移動禁止の魔術戦は相手を動かしてしまえば勝ちだ。

今グオリエがやったように、足元を壊せば、相手は動いてしまう。

もちろん、事前の仕掛けはルール違反だ。

だが、事前に仕掛けたのか、今まさに足元を壊す魔術を使ったのかは判別がつきにくい。

どちらにせよ、移動禁止の魔術戦において、足元の破壊は禁じ手にして必勝の手だ。

足元の破壊が禁じ手である最大の理由は、面子《メンツ》だ。

そんな手段を使ってまで勝ったやつを、果たして誰が認めるだろう。

貴族としても、魔術師としても、人間としても。

だから普通は使わない。

グオリエの場合は、どうだろう。

単純にやつがそこまでバカだったのか。

それとも、考えあってのことか。

こう考えることはできる。

やつはここまで、周囲の見物人を敵に回す言動ばかりしてきた。

だから、多少禁じ手を使った程度で評価は変わらない。

そのうえで、俺たちがこの決闘で白黒つけるのは、色恋の話だ。

そうまでして勝ちたいくらい本気であると周りが思えば、ただ禁じ手を使うよりも印象はマシになるだろう。

まぁ、本当にマシにはなるというくらいだが。

なんて。

色々理屈をつけてみたものの——

俺の足元を崩し、勝ちを確信した笑みを浮かべるグオリエに、そんな考えがあるとは、残念ながら到底思えなかった。

そして、その確信の笑みが、どんどん驚愕《きょうがく》に染まっていく。

「な、な――」

「グオリエ、お前が移動禁止の魔術戦を仕掛けてきた時点で、この手を使うっていうのは正直確信してたんだよ」

だから、俺は対策を打った。

それは、

「なぜ、貴様は宙に浮いている⁉」

空中に浮遊することだった。

もちろん、俺は一歩も動いていない。

足場を崩されても、微動だにすることなく空中にとどまったのだ。

ちらりと教師を見るが、当然俺に負けの判定を下すことはない。

事前に確認しておいたからな。

「風塵《ふうじん》魔術の応用だよ。あれは風を自由に操る魔術だが、風を固定して足場にすることもできる」

「そんな応用、聞いたこともない！」

「そうだろうな、中級魔術の上級化が必要な技術だ。学園ですら、これを講義で扱うかはわからん」

その言葉に、グオリエの顔が更に驚愕に染まる。

「ちゅ、中級……!? 貴様が使えるのは、下級魔術の上級化だろう！」

「皆の前で使ってみせたのが、それだっただけだ。そもそも、俺が机を直したのも中級魔術の上級化による技術だ。……見て理解《わか》らなかったのか？」

「な、あ、き、貴様あああああ！」

俺は、杖を突きつけて炎を生み出す。

「さぁ、これでお前の手は全部捌《さば》いたぞ。もしもこれ以外に反撃の手があるのなら。存分に披露してみろよ」

そうでなければ、お前の詰みだグオリエ。

俺の勝利宣言に、グオリエは――

「や、やめろ！　貴様、今何をしているのか理解っているのか!?」

「……？」

正直、俺はグオリエが何を言っているのか理解らなかった。

まさか、何かしら反撃の手があるのか？

本気でそう考えてしまったのだ。

「貴様の眼《め》の前にいるのは、上級貴族グオリエ・バファルスキだぞ⁉　それに決闘で勝利したとして、貴様に明日があるとでも思うのか⁉」

「な……」

こいつ、まさか……。

「平民の貴様が、上級貴族の俺に逆らうなど‼」

命乞いをしているのか⁉

この期《ご》に及んで⁉

俺を立場で脅迫し、この決闘を降りろと言っているのか⁉

そんな困惑で、俺が思考を一瞬停止している間に。

にわかに騒がしくなったのは、見物人のほうだ。

「平民⁉　あの学生は平民なのか⁉」

「マジかよ、確かに貴族にしては地味だと思ったが」

地味で悪かったな。

どうやら、見物人は俺が平民だと知らなかったらしい。

まぁそうだろう、ここまで俺もグオリエも、教師だって俺の立場を口にしたことはなかったんだから。

「――ちょっと待てよ、平民ってことは……特待生だよな？」

「特待生……ってあの？　じゃあ彼が……あのハイムなのか⁉　入試を満点で突破したという」

「フィオルディア陛下以来の天才魔術師……！」

その反応は、少し意外だった。

まさか平民という所から、特待生という立場……そして俺の名前にまで行き着くとは。

俺の見た目はともかく、名前と立場はそれなりに知名度があったようだ。

今まで、俺の置かれた環境でそれを知るすべがなかっただけで。

そして、それに反応したのはグオリエだった。

「…………っ！　黙れ黙れ黙れ！　誰も彼もがこの平民の話をするなぁ！　俺は上級貴族だぞ！　バファルスキ家の子息だぞ⁉」

グオリエは、本当に。

どうしようもないくらい、俺という存在が気に食わないらしい。

「だが、決闘はお前の負けだグオリエ」

俺は、グオリエの言葉を遮る意味を兼ねて、グオリエの横に火炎魔術を飛ばした。

通り過ぎていく火の玉に、グオリエの表情がこわばる。

「っ！　や、やめろ！　やめろ平民！　それ以上俺を攻撃してみろ、どうなるか！」

「なら答えろ！」

「っ！」

恫喝《どうかつ》するように、言葉を遮り叫ぶ。

今のグオリエは動揺している。

顔は恐怖に引きつり、なにかから逃げようとしているようだ。

そんな状況で、一喝すれば。

グオリエは完全に黙ってしまう。

だからこそ、俺はこの状況でやつが最初にしようとしていたことの意趣返しをする。

「どうして、図書館に火をつけると脅迫してまで、俺に決闘を挑ませるよう強要した⁉」

その瞬間。

燃え盛る火の海のようだった周囲の空気が、氷結魔術を使ったかのように。

一瞬で、凍りついた。

グオリエは、そのことに気がつかない。

「アレは！　アレは貴様が悪いのだ！　貴様さえ、貴様さえいなければ！　俺はこんなことにはならなかった‼」

だからこそ、自白と取れる言葉を、動揺のまま口にするのだ。

2　決着

決闘の開始時と、今では、周囲の空気はまったく違う。

最初俺がこのことを指摘しても、グオリエが一蹴してしまえば疑うものはいても信じるものはいなかっただろう。

だが、今は違う。

俺が完全に勝利を決定づけ、グオリエが醜態をさらし、両者の立場が会話と決闘の中から周囲に概《おおむ》ね理解された今ならば。

俺とグオリエ。どちらの言葉を信じるかは、火を見るよりも明らかだった。

そのうえで、グオリエは認めた。

気が動転したまま喋《しゃべ》っていいことと悪いこと、今自分がどこにいるのかの区別もつかず。

うっかりと口をすべらせた。

だから、状況はグオリエの認識以上に決定的だ。

周囲がにわかに騒ぎ出す。

その反応は、一言で言えば疑惑と侮蔑だ。

視線は、すべてグオリエに向けられていた。

「そこまで！　皆も静粛に！　静粛にするんだ！」

それを、立会人の教師が押し止《とど》める。

決闘も、間に彼が割って入ったことで中断された。

「グオリエ、ハイムの言っていたことは本当か？」

「え、あ……」

そこで、グオリエは今自分が何をしたか理解したようだ。

……理解するまでに、今までかかっていたのか？

動揺は、それだけ酷《ひど》かったと見える。

「ち、違う！　やつの口からのでまかせだ！」

「先日、夜に図書館の前でやつと出くわし、そこで決闘を俺から挑まなければ図書館に火をつけると言われたのです」

経緯を改めて説明する。

あの夜、俺がやつから向けられた言葉を、ある程度要約しながら。

その話に、一番反応したのは意外にもグオリエでも教師でも、見物人でもなかった。

教師や見物人は、図書館に火をつけると脅迫したという事実に驚いている。

一番反応したのは――

「……ハイム、だとすると少し君らしくないな。どうして決闘の要求を呑《の》んだんだ？　グオリエが図書館を燃やすより早く、君ならグオリエを制圧できただろう」

「あーえっと、その場合でもグオリエが騒げば問題になるかと」

「それなら、私は当然君を擁護する。最終的に、悪いようにはならないだろう」

「……そう、ですね」

教師の追及を、残念ながら躱《かわ》せなくなってしまった。

正直、これは口にするのが少し気恥ずかしいのだが。

「グオリエに、フィーアのことを愚弄されまして。……それを許せなかったんです」

「んにゃあ⁉」

一番反応したのは、フィーアだった。

いや、しょうがないだろ。

ここまで来たら説明しないわけにはいかないんだから。

フィーアだってそれは理解《わか》っていただろうが、我慢できなかったのかそれはもう見事なくらい真っ赤になっていた。

というか、叫び声を上げてしまったせいで、視線が一斉にフィーアへ向いてしまった。

「………悪い」

「いえ……」

気まずい沈黙の中、教師の謝罪が胸にしみた。

「ともあれ、事情は理解った。そういうことであれば、グオリエ、君にはこれから厳しい処罰が下るだろう」

「待て！　やつの言うことはでまかせだ！」

「少なくとも、君が彼の発言を認める言動をした以上、その真実を確かめる必要がある！」

グオリエの発言を押し止《とど》め、教師は宣言する。

決闘は、お互いの了承のうえで成立するもの。

それを片方が強要したとなれば、前提が崩れてしまう。

一般的にその事実が認められた場合、脅迫した側が無条件で負けることになる。

今回は、証拠と呼べるものは動揺の末に出たグオリエの自白のみ。

故にこの場で裁決を下すことはできない。

グオリエが上級貴族であることを考えれば、単純にグオリエの敗北にはならないかもしれないが、決闘自体は完全になかったことになるだろう。

そのうえで、これまでグオリエがやってきたことを考えれば、この決闘の結果は――

「……ハイム、これまで君にはグオリエのことで、色々と迷惑をかけてきたが」

「ええ」

教師が、こちらを向く。

真剣な顔で、教師は俺に頭を下げた。

俺も、目を伏せてそれに応える。

「こうなっては、グオリエが今までのように君を攻撃することはできないだろう。最低でも、君とグオリエのクラスを特例で今から変えることにはなるはずだ」

「感謝します」

「ああ、だから……この決闘は、君の勝ちだ」

──俺の勝利だ。

長く続いたグオリエとの確執も、ここで一つ、区切りがつくことになる。

「ハイムくん！　やったね！」

フィーアが、こちらに走り寄ってきた。

彼女にとっても、肩の荷が下りるような思いだろう。

これまで散々、俺たちを苦しめてきた相手だ。

思えば、フィーアにとってどれだけグオリエは目の上のたんこぶだっただろう。

それは俺に関することだけではない。

クラスメイトに関することにおいても、フィーアにとってグオリエは邪魔だったのだ。

もともと、フィーアはクラスの連中とそこまで関係は悪くなかった。

むしろフィーアの人懐《ひとなつ》っこさとコミュニケーション能力もあって、フィーアはクラスで人気があったと言っていい。

何せ今でも、クラスの連中は俺はともかく、フィーアを悪く思ってはいなかったのだから。

それをグオリエが破壊した。

グオリエがクラスメイトに俺を攻撃するよう仕向け、あのクラスの雰囲気を作ってしまった。

それがどれだけ、フィーアを傷つけたことか。

でも、これで——少なくともその原因は取り除かれるわけだ。

ともあれ、今は——フィーアはそういうことを考えてはいないだろうけど。

というか、勢いよくこっちに突っ込んできて。

「ハイムくーん！」

——だ、抱きついてきた⁉

周囲から歓声が上がる。恋人同士の抱擁にしか見えないのだから当然だ。

俺はこういう、目立つ行為は恥ずかしくて仕方ないのだが⁉

「ふぃ、フィーア！　周りが見ている！」

「え？　あ——」

そして、フィーアも。

視線を受けて、顔を茹《ゆ》でダコにした。

エピローグ　俺と彼女

決闘は、実質俺の勝利で終わった。

まぁ、あの火炎魔術をグオリエに当てていれば実際勝っていたのだから、文句なしに勝ちと言ってもいいだろう。

決闘からすでに数日が経《た》ち、学園はその話題で持ち切りだ。

幸いなことに、話題になったのは俺の立場と、グオリエとの恋愛に関する確執だった。

グオリエと特待生のハイムが一人の女性を巡って争ったというところが話題になり、その女性が誰かとか、俺の顔までは話題にならなかったのだ。

この時ばかりは、俺の地味顔に感謝だな。

あと、フィーアは世界で一番可愛《かわい》いが、印象は貴族の中でも地味な部類に入るのも良かったのだろう。

まぁ、その顔の造りはかのステラフィア王女と同じなのだから、フィーアの良さを知ってしまえば誰だってフィーアの魅力に気付いてしまうだろうけれど。

……この話はあまりするべきじゃないな。

学園中が決闘で盛り上がる中、俺とフィーアは普段と変わらない日常を送っていた。

いや、普段通りではないな。もうクラスにグオリエはいないのだから。

あの決闘で一番大きな反応を見せたのは、グオリエの実家らしい。

そりゃそうだ、息子の失態を学園中に知られてしまったのだから。

「……でも、実際のところはそれだけじゃないみたいだよ」

「と、いうと？」

「お父様が言ってたけど、あいつってバファルスキ家の中では扱いが悪かったみたい」

資料室にて、部屋にある椅子に座り込みながら、フィーアは気のない声音で言う。

「バファルスキ家には、天才って言われる長男がいるんだ。家督もその人が継ぐの」

「へぇ」

「赤獅子《あかじし》と黒鷹《くろたか》って聞いたことある？」

「王太子殿下と、その右腕と言われる側近だろ？　流石《さすが》にそれくらいは知ってるぞ」

「私のお兄様が赤獅子で、黒鷹があいつのお兄さんなの」

ああ、と納得する。

つまり、この国の未来を背負《しょ》って立つコンビというわけだ。

バファルスキ家は上級貴族であるが、常に王族の側近をするわけではない。

だから黒鷹と呼ばれる兄は、実力で次期王の側近に上り詰めたわけだ。

グオリエがそれと比べられていたというのは、なんとなく納得ができる話である。

「あいつの俺とフィーアに対する執着は、兄への嫉妬と尊敬の代償行為だった……かもしれない、か」

「勘弁してほしいよ」

バッサリ、フィーアは切り捨てた。

まぁ、俺も同感だが。

「ともかく、グオリエは学園を辞めさせられて、実家に戻されるみたい」

「……これで全部終わったんだなあ」

「全然実感湧かないよね」

だな、と俺もその言葉に同意するのだった。

変化といえば、クラスの連中も変化を余儀なくされていた。

ぎこちない空気が、常にクラスを支配しているのだ。

グオリエはもういない。だが、グオリエの下で育てられた俺への差別感情は消えない。

そもそも、俺がグオリエに勝ったことでやつらの恐怖の対象は俺に移っている。

フィーアと俺の関係が深まったのも大きいだろう。

今まではそのことを知らなかったとしても、例の決闘で流石にそれを知らないということはありえなくなった。

流石のフィーアも、親しい相手を悪く言う連中と仲良くなるのは難しい。

「……まぁ、こっちが配慮する必要はないんだけどさ」

言いながら、フィーアは荷車を使って的を移動させている。

今日も今日とて、俺たちはゴミになった魔術用的の片付けをしている。

「でも、私たちが早くクラスに行って向こうの気まずそうな空気を直《じか》に感じるのもやだし」

「まぁ、今までみたいにこうやって雑用をして、時間ギリギリにクラスへ行くことになるよな」

クラスの連中とは、もともと朝会《あさかい》の直前と必修講義の間だけの関係だ。

後者はお互い真面目に講義を受けていれば変な空気になることもない。

だったら、これまで通り雑用で時間を潰して朝会前にクラスへ行けば衝突は生まれない。

「でも、やっぱり寂しいよね。せっかく一緒のクラスになったのに」

「フィーア個人の好悪《こうお》と俺に対する態度はともかく、連中がただの嫌なやつってことはないだろうしな」

「そうなんだよねえ。あいつのせいでおかしくなるまでは、普通に楽しく交友関係を築けてたわけだし」

俺はともかく。

フィーアにとって彼らは悪い友人ではなかった。

グオリエに対抗する気概がなかっただけで。

「まぁ、フィーアにその気があれば、そのうち連中ともやり直せるさ」

「今はいいかなあ」

そりゃそうだ。

せっかくグオリエから解放されたのにわざわざ不快な思いをする必要はない。

「そうだ、せっかく落ち着いてきたし、そのうちハイムくんもクラスの外の私の友達と会ってみようよ」

「ああ、前に交流があるって言ってた」

なんでも、他国からの留学生で、少し不思議なところがある少女だとか。

まぁ、機会はそのうちあるだろう。

「まぁ、今はあれだね」

「あれ？」

　魔術用的を焼却用の杖《つえ》で燃やして、フィーアは一つ息を吸った。

「ハイムくんに、見せたいものがあるの」

　少しだけ改まった様子で、思わず俺はドキッとしてしまう。

「見せたいもの？」

「そう、もちろん何を見せたいのかは秘密です」

「気になるところだが……まぁ、わかった」

「んふふ――楽しみにしててね？」

　そうやって笑うフィーアの笑みは、いつものいたずらっぽい笑みでありながら――どこか、普段とは違うものだった。

　大人っぽい、凛《りん》としたフィーアらしくないと思ってしまうような笑み。

　だというのに、どうしてか彼女らしいと思ってしまうような、そんな笑みだった。

□

それにしても見せたいものとは一体……
フィーアにそう言われてから、俺は一日中そのことについて考えていた。
特に今日は、フィーアがあまり隣にいなかったからな。
講義がほとんど被《かぶ》らなかったのである。
ただ、必修講義が終わった後の別れ際《ぎわ》。
「今日の昼食は資料室で食べよう。こないだ掃除したから埃《ほこり》っぽくもないし」
と、言われた。
意図は読めないが、言われた通りにするしかない。
そうして、適当に飲み物だけ確保して資料室に向かう。
それ以外は、フィーアが自分で用意したと胸を張っていた。
そういえば、一人で資料室を訪れるのはあの時以来だ。
フィーアがステラフィア王女であると知ったあの時。
すべてが始まった、あの時だ。
扉の前でそれに気づいた俺は、一つ呼吸を置いてから扉を叩《たた》いた。
「どうぞ」
フィーアの、少しいつもと違う凛とした声が響く。

ここで昼食を取ることはそこまで気合を入れるようなことだろうかと、首を傾《かし》げつつも戸を開き、

そこには、ステラフィア王女がいた。

一瞬、俺は自分がいる場所を疑った。
ここが、資料室ではなく王城であるかのような錯覚を起こしたのだ。
それくらい、普段のフィーアとステラフィア王女は雰囲気が違う。
「……どうなさいましたか？」
不思議そうに王女が呼びかけてくる。
そこにいるのは、まさしくステラフィア王女。
王国の至宝とも呼ばれたこの国の誰もが知っている王女様。
びっくりするくらい、その時俺と王女の距離は、遠く感じた。
俺は特待生という肩書きこそあるものの、ただの平民で。
魔術以外には何もない、自分に自信を持てなくなっていた平凡な男だ。
釣り合いが取れてない、とか。

俺なんかふさわしくない、とか。

そういう考えが脳裏をよぎる。

でも、俺は一つの区切りをつけた。

俺が俺を情けないと思う理由はもうない。

俺自身の手でケリをつけたのだ。

だったら、俺は。

前に進まなきゃ、いけないんだよな。

だから、

「フィーア」


だから、俺は彼女の名を呼んだ。

「…………」

王女は……フィーアは、目を白黒させている。

ちょっと驚いた様子で、こちらを見ているのだ。

そうなれば、たとえ美しい金の髪であっても。

王女の気品に満ちていても、彼女はいつもの、俺が知るフィーアだ。

「待たせたか？」

「……ううん」

笑みを浮かべれば、そこには、俺が好きになったフィーアがいた。

「ハイムくんには敵《かな》わないなぁ」

「俺をそうさせてくれたのはフィーアだよ」

「えへへ、嬉《うれ》しい」

そうやって、俺たちは笑い合うのだった。

□

「見せたかったものっていうのは、これか？」

「うん、王女様としての私を……もう一度見せたかったの」

ステラフィア王女は、フィーアの微笑《ほほえ》みで俺に語りかける。

以前、掃除をする時に少しだけステラフィアとしての姿を見せたりと、ちょいちょいステラフィアとしてのフィーアとして、フィーアに戻ることはあったけれど。

最初からステラフィアとして、俺に声をかけたのは初めてのことだ。

「うーん、ハイムくんを驚かせたかったんだけどなあ」

「いや、驚いたよ。自分のいる場所が資料室じゃないと思うくらいには」

「もうちょっと、見てたかったなって」

そうやって、こっちを揶揄《からか》おうという魂胆だ。

わかっていても、こっちを揶揄うフィーアもまた愛らしく思えてくるのは、少し俺がのぼせているのかもしれない。

「でも、一瞬空気に呑《の》まれたってことは、私の王女様っぽさを感じてくれたんだ」

「そりゃあな。ってか、ぽさじゃないだろ、ぽさじゃ」

「そうでした」

てへへ、と頭を掻《か》く王女。

フィーアは、そのまま俺を手招きする。

すでに、昼食はテーブルの上に広げられていた。

「ふふ、おいでませー」

「お邪魔します」

「お邪魔とはなんだー、他人行儀な！」

「いや、そういう流れだっただろ？」

なんて話をしつつ席につく。

今日も茶色を白で包んだ感じのサンドが多めだ。

もう教わったんだろうけど、個人の趣味だろうな。

割と食いしん坊なフィーアである。

「んー、美味《おい》しい」

「王女が、こういう庶民的な食べ物を食べてると、新鮮だな……」

「なんだとー、と言いたいところだけど、実際私もこの姿でカツサンドは新鮮だよー」

普段は、もう少しいいものを食べているらしい。

いや、当たり前だろという話だが、貴族が多く通う学園の学食が割と庶民的なので、正直あまり想像がつかない。

実際、普段何を食べてるんだろうな。

「どうかな、お忍びの王女様っぽい？」

「どうだろうなあ。フィーアの姿に慣れすぎてて、お忍びしてる時もフィーアだろうって刷り込みがある」

「そう言われるとそうかもー」

パクパクと、サンドを食べていく王女様。

どちらかというとその姿は、王女が宮殿でこっそり庶民的なものを食べている感じだ。

ステラフィア王女には、この資料室を王城に変えてしまう雰囲気がある。

なんてことを、フィーアに伝えてみた。

「それなら、ハイムくんは私に悪いことを教える執事さんかも」

「どっちにしても、やばいことしてるな俺たち」

「お父様にもお許しがもらえたから実感がわかないけど、やっぱり私たちの関係って、障害は多いよね」

「これまでは、グオリエのことで手一杯だったしな」

グオリエのことが片付いたものの。

問題は、むしろ今後のことのほうが多いかもしれない。

直接排除できるグオリエは、問題の難易度としては低い可能性もあるのだ。

それでも、俺は……

「その程度で、フィーアとのことを諦めるつもりはないよ」

そう、言い切れるのだ。

フィーアと知り合って、彼女の優しさに惹《ひ》かれた。

フィーアの秘密を知って、彼女を守りたいと思った。

グオリエの問題も片付いて、これから俺たちの生活はまた大きく変わっていくことだろう。

こういう穏やかな時間は、その中でどれだけ続いてくれるだろうか。

「私は、そういう困難も悪いものじゃないと思うよ？　流石《さすが》にあいつみたいのとは何度もやり合いたくないけど」

「フィーアはそうだよな。俺はやっぱり面倒が勝るよ、厄介ごとは」

「でも、その面倒よりも、私を優先してくれるんだよね？」

その一言に、一瞬ドキッとする。

こちらを見透かしたような……というか、見透かした発言だ。

「フィーアには敵わないな」

「ふふふ、そうでしょうそうでしょう」

ステラフィア王女の姿でそう言われると、なんだか新鮮だ。

とはいえ、今のフィーアはフィーアだけれど、いずれはそうではなくなるのだろう。

「……いつか、俺はフィーアにステラフィアとして接しなきゃいけない時が来るのか」

「んー、王女の私に何か不満かー？」

「不満っていうよりは不安だよ。俺はまだ、王女様と正面から向き合う勇気はない」

フィーアは、その言葉に少し考える。

「んー、問題ないと思うよ？」

「なんでだ？」

「ハイムくんは受け身だけど、目の前の問題を解決するってなったら無敵だもん」

「無敵って……」

そう言われるのは、だいぶ気恥ずかしいな。

「あいつとの決闘も、完勝だったじゃん。何もさせなかった」

「勝つとなったらそうなるしかない勝負だったからだよ」

「そういうのも、かっこよさだって思う」

フィーアは、真剣にこちらを見ている。

その言葉は、俺の胸に一つ一つ染《し》み渡ってくる。

「私は、そういうハイムくんの、一つのことに集中すれば誰にだって負けない無敵なところ、凄《すご》いって思ってる」

「……ありがとな」

「……うん」

ふと、沈黙が流れる。

それは、ある種の合図だったんだろう。
ここに至るまで、俺とフィーアはずっとそのことを口にしないようにしてきた。
というより、話をする時間がなかった。
でも、もうグオリエとの問題は決着して、俺たちは平穏を取り戻した。
だったら、その話題を口にしないわけにはいかないのだ。
「……ねぇ、ハイムくん」
「……ああ」
「私たちってさ――これから、どういう関係になるの？」
俺たちの、関係。
フィーアの秘密を知る関係。
こうして、資料室で秘密を共有する関係。
それが俺たちの根底だ。
多分、そこは変わらない。
でも、もう一つ。
俺たちは――恋人のフリをしていた。
それは、グオリエの魔の手から逃れるためのものだ。

だったら、これからは？

……また、ただの秘密を共有するだけの関係に戻るのか？

それは……嫌だ。

「なぁ」

「ねぇ」

二人の声が重なる。

静けさに満ちた部屋の中で、俺とフィーアが向かい合う。

「……えっと、ハイムくんから、どうぞ？」

「なら……そうだな」

フィーアに促されて、俺は少しだけ呼吸を整える。

深呼吸をして、次に伝える言葉を選ぶ。

「……俺は、フィーアの誰でも明るく照らす姿に憧れたんだ」

その明るさに、果たして何度救われたことか。

その笑顔に、果たして何度惹かれたことか。

「そんなフィーアの秘密を知って、俺は少しだけ嬉しかった」

「……嬉しかった？」

「それは……その、フィーアの特別になれた気がしたから」

「……っ！　な、何言ってるの⁉　ハイムくん！」

恥ずかしそうに、顔を赤らめるフィーア。

ああ、これまで何度も恥ずかしがるフィーアを見てきたけれど。

――今日のフィーアは、これまでで一番魅力的に見える。

きっとそれは、彼女がステラフィアとしての姿で俺に接しているから――ではないだろう。

「だから、俺にとって……フィーアは特別な存在なんだ。《フリ》じゃ満足できないくらい」

「――――っ！」

正面から、フィーアの瞳を見る。

あの時、初めてこの準備室でフィーアと出くわした時。

現実味が感じられないほどキレイだと思った瞳を、正面から。

「――好きだ、フィーア」

言った。

言い切った。

俺たちの間に、沈黙が降りる。

俺もフィーアも、時間が止まったかのように相手のことだけを見つめていた。

そして、そんな時間も終わりを告げて、ようやくフィーアが口を開く。

「……ずるい、ずるいよハイムくん」

「ず、ずるい？」

思わず、狼狽《ろうばい》てる。

だってフィーアは、泣き出しそうに瞳を潤ませていたんだから。

「だって、だってぇ。私が言おうとしたこと、取っちゃうんだもん」

「……っ!?」

そ、それって……と、思わず息を呑《の》む。

「……私は、ハイムくんの一つのことに無心で打ち込める姿に憧れたんだ」

「………」

「私は……」

そして、

「ハイムくんが、好き」

確認するようにそう言った。

「魔術のことになれば、誰にも負けないハイムくんが好き。私のやりたいことに真剣に付き合ってくれるハイムくんが好き。私と身分の差を越えてずっと一緒にいようとしてくれるハイムくんが、好き」

フィーアは、笑みを浮かべて俺を見た。

俺も、フィーアの姿を絶対に瞳から離さないようにする。

「私も……ハイムくんの、特別が、いい！」

資料室。

かつて、フィーアの秘密を知ったこの場所で。

フィーアに告白したこの場所で。

「俺も、俺を照らしてくれるフィーアが好きだ」

俺と彼女の始まりの場所で、互いに好きを伝え合う。

「これからもよろしくね、ハイムくん！」
「ああ」
だから、
これからも、俺たちの関係は続いていく。

あとがき

本作をお読みいただきありがとうございます。

（おそらく）お初にお目にかかります、暁刀魚と申します。読みはさんまです、よろしくお願いします。

『隣《となり》の席《せき》の王女様《おうじょさま》、俺《おれ》の前《まえ》だけ甘々《あまあま》カノジョ』、いかがだったでしょうか。ハイムとフィーアのラブコメを楽しんでいただけていれば幸いです。

本作の特徴は、何と言っても登場人物の少なさ。

ネームドキャラが四人しかいません。うち三人が男なのでなんかちょっと比率おかしい気もします。

とはいえ、本編の八割くらいはハイムとフィーアのイチャイチャだったと思います、二人の関係性がこの作品のすべてです。

フィーアは、正体を隠しているちょっとワガママで主人公に懐《なつ》いてくれる王女様をヒロインにしたラブコメが書きたくて誕生しました。

結果、そのとおりのヒロインになりました。

ころころ表情が変わる感じの賑《にぎ》やかなフィーアとハイムの掛け合いは、個人的に書いていてとても楽しかったです。

そしてスタートが王女様ということで、自然とファンタジー世界での学園ラブコメという舞台を選択したわけですが、ラブコメの舞台としてファンタジーは結構珍しく、本作の特徴になっていると思います。

ファンタジー世界っぽいイベントも、色々できたらいいですね。

今回、本作は第九回カクヨムＷｅｂ小説コンテストのラブコメ（ライトノベル）部門特別賞受賞作として書籍化が決定しました。コンテストでの受賞というのが初めての経験で、自分でも未《いま》だに実感が湧いていないところがあります。

とはいえこうして、第九回カクヨムＷｅｂ小説コンテストの中でも比較的早いタイミングで書籍を出版できたことは大変うれしいです。

それも、色々な巡り合わせで本作のイラストを担当してくださったパルプピロシ様、不慣れな改稿作業に根気強くお付き合いいただいた編集様のおかげです。

ありがとうございました。


最後に、本作はWEB版からかなりの改稿を行っています。特にWEB版を読んだ人であれば驚くかも知れませんが、ハイムとフィーアが付き合い始めるタイミングが違います。おかげで、途中で恋人のフリというラブコメのイベントを差し込めたりと、全体的にかなり内容はブラッシュアップされていると思います。

そんな本作を、最後までお読みいただきありがとうございました。

機会があれば、またハイムとフィーアのラブコメをお届けできればと思います。

それでは、また。

お便りはこちらまで

〒一〇二－八一七七
ファンタジア文庫編集部気付
暁刀魚（様）宛
パルプピロシ（様）宛

富士見ファンタジア文庫

隣《となり》の席《せき》の王女様《おうじょさま》、
俺《おれ》の前《まえ》だけ甘々《あまあま》カノジョ

令和６年12月20日　初版発行

著者——暁刀魚《さんま》

発行者——山下直久

発　行——株式会社KADOKAWA
〒102-8177
東京都千代田区富士見2-13-3
0570-002-301（ナビダイヤル）

印刷所——株式会社暁印刷

製本所——本間製本株式会社

●お問い合わせ
https://www.kadokawa.co.jp/（「お問い合わせ」へお進みください）
※内容によっては、お答えできない場合があります。
※サポートは日本国内のみとさせていただきます。
※Japanese text only

ISBN978-4-04-075722-3 C0193 ◇◇◇

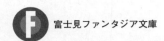

ティナ
四大公爵家の
ひとつ、ハワード家に
生まれた公女殿下。
なぜか誰でも扱える
程度の魔法すら使う
ことができない。
変える
はじめましょう
アレン
公爵令嬢ティナの
家庭教師を務める
ことになった青年。魔法
の知識・制御にかけては
他の追随を許さない
圧倒的な実力の
持ち主。
発売中!

無自覚最強ハーレム！
シリーズ
好評発売中！
妹が女騎士学園に入学したらなぜか救国の英雄になりました。
僕
ぼくが。
After my sister enrolling in Girl Knights' School, I become a HERO.
author.
ラマンおいどん
ill. なたーしゃ
ファンタジア文庫

だって学園の誰より
兄さんのが
強いですから
STORY
妹を女騎士学園に送り出し、さて今日の晩ごはんはなににしよう、と考えていたら、なぜか公爵令嬢の生徒会長がやってきて、知らないうちに女王と出会い、男嫌いのはずのアマゾネスには崇められ……え？　なんでハーレム？

天上優夜《てんじょうゆうや》
異世界で
レベルアップした結果、
最強の身体能力を
手に入れた少年
この少年
すべてが
シリーズ好評発売中！